Ingelore Rembs
Flatterhaft

Zu diesem Buch

Sich nach zwanzig Jahren Ehe noch einmal so richtig zu verlieben, das Gefühl, Schmetterlinge im Bauch zu spüren, kann schwerwiegende Folgen auslösen. Die überaus attraktive Lilly, Mitte fünfzig, Physiotherapeutin mit eigener Praxis, verliebt sich Hals über Kopf ausgerechnet in einen verheirateten Schönheitschirurgen, der einer Affäre mit ihr nicht abgeneigt ist.

Magda, ihre beste Freundin, warnt sie vor der Liaison ebenso wie davor, die jahrzehntelange Freundschaft beider Ehepaare nicht aufs Spiel zu setzen. Als jedoch Lillys Ehemann von diesem Seitensprung erfährt, steht die Ehe vor dem Aus. Eine verhängnisvolle Geschichte, mit Lügen und Intrigen behaftet, nimmt ihren Lauf.

Nach ihrem ersten Roman *Prosecco mit Linda* bleibt die Autorin ihrem Schreibstil auch in *Flatterhaft* treu. Es ist wieder eine spannende und doch gleichzeitig sehr unterhaltsame Freundschaftsgeschichte.

Ingelore Rembs lebt seit vielen Jahren in Konstanz und greift mit ihrem neuen Buch *Flatterhaft* ein brisantes Thema auf, den Seitensprung. Alles, was dabei das Herz bewegt, wird einfühlsam behandelt, wobei ein Schuss Ironie unverkennbar herauszulesen ist und zum Schmunzeln einlädt.

»Bei mir muss es immer ein Happy End geben, deshalb weiß ich den Schluss schon, bevor ich den ersten Satz schreibe.«

Ingelore Rembs

Flatterhaft

Roman

CMS Verlagsgesellschaft

Bibliografische Information der Deutschen Nationalbibliothek
Die Deutsche Nationalbibliothek verzeichnet diese Publikation
in der Deutschen Nationalbibliografie; detaillierte bibliografische
Daten sind im Internet über http://dnb.d-nb.de abrufbar.

Bibliografische Information der Schweizer Nationalbibliothek NB
Diese Publikation ist in der schweizerischen Nationalbibliografie
aufgeführt und über www.nb.admin.ch/helveticat abrufbar.

Das für diese Publikation verwendete
FSC®-zertifizierte Papier Schleipen
liefert Cordier, Deutschland.

Deutsche Erstausgabe 2012
Copyright © 2012 bei CMS Verlagsgesellschaft mbH, Zug
Alle Rechte vorbehalten.
Urheberrecht: Ingelore Rembs
ingelore.rembs@t-online.de
Lektorat: Bärbel Philipp/Jena
E-Mail: lektorin@textperlen.de
Satz und Layout: CMS Verlagsgesellschaft
Umschlaggestaltung: CMS Verlagsgesellschaft
Umschlagmotiv: © CMS Verlagsgesellschaft und
© tamaravector, Africa Studio, fireflamenco - Fotolia.com
Autorenfoto: © Simone Gunkel

Besuchen Sie uns im Internet:
www.cms-verlag.ch

Druck und Bindung: CPI - Ebner & Spiegel, Ulm
Printed in Germany

ISBN: 978-3-905968-14-9

»Im Grunde sind es immer die Verbindungen mit
Menschen, die dem Leben seinen Wert geben.«

Wilhelm von Humboldt (1767-1835)

Der Schmetterling

Sie war ein Blümlein hübsch und fein,
Hell aufgeblüht im Sonnenschein.
Er war ein junger Schmetterling,
Der selig an der Blume hing.
Oft kam ein Bienlein mit Gebrumm
Und nascht und säuselt da herum.
Oft kroch ein Käfer kribbelkrab
Am hübschen Blümlein auf und ab.
Ach Gott, wie das dem Schmetterling
So schmerzlich durch die Seele ging.
Doch was am meisten ihn entsetzt,
Das Allerschlimmste kam zuletzt
Ein alter Esel fraß die ganze
Von ihm so heiß geliebte Pflanze.

Wilhelm Busch

1

»Ein Traumtag ist das heute, Magda, ein Bilderbuchwetter«, flötete Lilly durchs Telefon. Sie betonte jede Silbe mit Nachdruck, um ihre Freundin auf etwas ganz Bestimmtes vorzubereiten. Magda war gerade im Begriff, sich aus dem Bett zu schälen, und Lillys früher Überfall verhieß nichts Gutes. Sie kannte Lillys Temperament, ein gefasstes Vorhaben mit theatralischen Worten anzukündigen. Nur, musste das in aller Herrgottsfrühe sein?

»Magda, ich möchte mich noch einmal so richtig verlieben!« Lillys Stimme hatte einen sehnsüchtigen Klang.

»Wie, noch mal richtig verlieben?«, fragte Magda entgeistert und war plötzlich hellwach. »Du machst mich fertig, und das auf nüchternen Magen.«

Genauso gut hätte Lilly ankündigen können: »Magda, ich möchte mal jemanden erschießen!« Beides wäre absurd, aber Letzteres hätte Magda nicht annähernd so sehr geschockt wie Lillys haarsträubendes Bedürfnis, sich noch einmal zu verlieben – und dann auch noch »so richtig«.

»Ja, verlieben! Irgendwie und irgendwo einfach noch mal diese Schmetterlinge im Bauch spüren, du weißt schon …«

Magda wusste gar nichts, denn Lilly war seit vielen Jahren glücklich verheiratet, wenigstens dem Eindruck und ihren Erzählungen nach.

»Was sagst du dazu, Magda?«

»Mir fehlen die Worte! Aber sicherlich bist du heute nicht die Einzige, die bei diesem Kaiserwetter solche verwegenen Gedanken laut ausspricht. Da erwachen schlummernde Sehnsüchte, die quatscht man gerne mal so dahin.« Mit diesen Worten versuchte Magda, ihrer Freundin diesen absurden Gedanken auszureden.

Am anderen Ende der Leitung war es einen Moment lang verdächtig still, dann wurde Lillys Stimme energisch: »Hör doch zu, Magda! Hier steht es schwarz auf weiß.« Dann las sie zur Bekräftigung ihres Wunschdenkens ihr Wochenhoroskop laut und deutlich vor.

Stier: In der Liebe bringt eine neue Bekanntschaft viel Unruhe in Ihr Leben. Es sieht ganz danach aus, als würden Sie sich einem Menschen durch magische Nähe verbunden fühlen. Dem sollten Sie sich nicht verschließen.

Nun wurde Magda ärgerlich: »Mensch, Lilly. Verschone mich bitte mit diesem Hokuspokus und nutze meine gute Laune nicht aus! Lass uns lieber den Nachmittag bei einem großen Eisbecher mit viel Sahne genießen. Das bringt dich auf andere Gedanken und beruhigt die Nerven.«

Lilly war Feuer und Flamme und willigte sofort ein. »… und ist gut für die Figur«, kicherte sie. »Bei der Gelegenheit kann ich auch gleich die magische Nähe eines Mannes ausprobieren.«

»Eines Menschen, hast du aber gerade vorgelesen«, korrigierte Magda ihre Freundin energisch, »und damit kann auch ich gemeint sein.«

»Gott, bist du unsensibel. Bussi, see you«, beendete Lilly euphorisch das Telefonat und legte auf.

Magda schaute noch immer ungläubig auf den Hörer in ihrer Hand und fragte sich, ob sie wohl gerade geträumt hatte.

Mit einem leisen Summen schoben sich die Jalousien ihres Schlafzimmerfensters nach oben. Sie gaben eine beeindruckende Sicht hinunter auf die Stadt frei, die noch unter einem leichten Dunstschleier lag, während sich hier oben, auf der *Friedrichshöhe*, der Himmel bereits in einem tiefen Blau zeigte. Lilly hatte recht: Es kündigte sich ein herrlicher Spätsommertag an, wie er besser nicht sein konnte. Vergessen waren die sintflutartigen Regenfälle und die unberechenbaren Stürme der letzten Wochen. Der bevorstehende Herbst mit seinen langen, grauen Nebeltagen war in weite Ferne gerückt. Der Bodensee zeigte sich heute von seiner allerschönsten Seite, und man verzieh ihm seine Allüren erstaunlich schnell.

Gut gelaunt blinzelte Magda in die Sonne und beschloss spontan, bei diesem Traumwetter auf der Terrasse zu frühstücken.

Tim war ihrer Meinung nach mal wieder viel zu früh aus dem Haus gegangen, bepackt mit Aktenordnern und dem Handy am linken Ohr. Frühstücken hielt er unter der Woche für reine Zeitverschwendung, und so trank er seinen Espresso, den er mit einem Schuss kalter Milch versetzte, um ihn schneller trinkbar zu machen, stets in einem hastigen Zug aus. Gemütlichkeit aufkommen zu lassen, das wäre für ihn so früh am Morgen eine echte Strafe gewesen. Umso mehr freuten sich Magda und Tim auf die Wochenenden, an denen sie gemeinsam und ausgiebig frühstückten und Tim aus seiner Schallplattensammlung alte Songs auflegte, die an die ersten Begegnungen der beiden erinnerten.

Tim arbeitete als Architekt, selbstständig, mit einem hervorragenden Mitarbeiterstamm und einem repräsentativen Vorzeigebüro. Die Verantwortung für seine acht Angestellten war ihm heilig, und den Neid seiner Kollegen hatte er sich hart erarbeitet. Dank seines ausgezeichneten Rufes war er mit anspruchsvollen Bauprojekten gut ausgelastet.

Magda hatte zwei Jahre lang als Bauzeichnerin für ihn gejobbt, bis es bei einer Weihnachtsfeier heftig zwischen ihnen gefunkt hatte. Ein Jahr später hatten sie geheiratet, zum Leidwesen von Chris, einem Baustatiker, mit dem sie längere Zeit liiert gewesen war, der ein Zusammenziehen in eine gemeinsame Wohnung allerdings immer wieder hinausgezögert hatte. Chris gab bis zum Schluss die Hoffnung nicht auf, dass Magda zu ihm zurückkehren würde. Er war es, der ihr den Job bei Tim besorgt und ihr dann vorgeworfen hatte, undankbar zu sein. Seine Worte, sie hätte sich mit Kalkül ins gemachte Nest gesetzt, hatten sie sehr verletzt und waren dafür ausschlaggebend gewesen, ihm endgültig den Laufpass zu geben. Magda war schon lange in Tim verliebt gewesen und hatte nicht zu hoffen gewagt, dass er ihre klammheimliche Liebe eines Tages erwidern würde. Er war nicht nur erfolgreich im Beruf, sondern sah auch noch verdammt gut aus. So gut, dass Chris sie zum Abschied gehässig gewarnt hatte: »Den hast du nie für dich alleine. Der ist berüchtigt für seine Weibergeschichten.« Doch das Risiko war sie gerne eingegangen und hatte es keinen Augenblick bereut.

»Für eine Geliebte fehlt mir die Zeit«, beruhigte er sie immer wieder, wenn er bis in die Nacht hinein arbeitete und sie ihn mit vorwurfsvollen Blicken zu später Stunde empfing. »... und hoffentlich auch die Lust«, dachte sie klammheimlich.

Magda war stolz, wenn Tim bei ausgeschriebenen Bauprojekten ihre Ideen als erfahrene Bauzeichnerin berücksichtigte. Es lag ihm viel daran, mit ihr über seine Arbeit zu diskutieren, was sich manchmal als schwierig erwies, wenn sie zu großen Ehrgeiz entwickelte und dabei auf sein Einsehen hoffte.

Doch nach den vielen Arbeitsjahren genoss sie es, Hausfrau zu sein und sich besonders schönen Tagen, wie es heute einer zu werden schien, hinzugeben.

Ihren Kinderwunsch hatten sie nicht verwirklichen können, da eine heimtückische Erbkrankheit in Tims Familie schon für viel Kummer gesorgt und der Arzt daher zur Vorsicht gemahnt hatte. »Mit dieser Nervenentzündung ist nicht zu spaßen. Das ist ein enormes Risiko«, warnte sie Roland, ihr gemeinsamer Arzt und ein Tennisfreund von Tim, immer wieder. Nach diesem ernsthaften Ratschlag hatten sie zuerst an eine Adoption gedacht, sich aber schlussendlich ihr gemeinsames Leben ohne Kinder eingerichtet.

»It's a wonderful, wonderful life«, tönte es aus dem Radio. Leise summte Magda den Song mit und ließ sich beschwingt in den Korbsessel fallen, schob sich ein weiches Kissen in den Rücken, streckte ihre Beine aus und legte dabei entspannt die Füße auf das Terrassengeländer. Vergnügt löffelte sie ihr Müsli, das sie mit saftigen Beeren aus Nachbars Garten verfeinert hatte, und dankte Tim einmal mehr für ihr schönes gemeinsames Leben.

Sie liebte den Moment des erwachenden Tages und die Ruhe hier oben, dem Himmel ganz nah. Obwohl sie und Tim nun schon viele Jahre in dieser bevorzugten und von Weinbergen umgebenen Gegend wohnten, konnte sie von dem beruhigenden Blick hinunter auf die Dächer von *Konstanz* nie genug bekommen. Die Aussicht auf den *Seerhein*, der sich heute nach den endlosen Regentagen wie glänzendes Lametta durch die atemberaubende Landschaft schlängelte, war einfach fantastisch. Freundlich grüßte der *Seerheinrücken* aus der Schweiz herüber, und schemenhaft konnte man das *Säntismassiv* mit den angrenzenden *Churfirsten* erahnen.

Endlich war auch das Gerüst um das *Münster* herum entfernt worden, und stolz ragte die Turmspitze in den herrlichen Morgen.

Lillys Worte, sich noch einmal verlieben zu wollen, spukten Magda erneut durch den Kopf, doch sie nahm sich vor, auf diesen Unsinn nicht näher einzugehen.

2

Lilly saß bereits an einem der kleinen Tischchen ihres Lieblings-Eiscafés *Nicoletti* auf der *Marktstätte* und winkte ihrer Freundin aufgeregt mit der Eiskarte zu. Magda wusste, dass Lilly auf ihr Aussehen achtete und daher stets geschmackvoll gekleidet war. Doch was Magda in diesem Moment sah, verschlug ihr für einen Augenblick die Sprache. Nein, übersehen konnte man ihre Freundin heute wirklich nicht. Schon von Weitem bemerkte sie Lillys brandneuen, hautengen Jeansrock und ein weißes, raffiniert geschnittenes Crash-Shirt mit tiefem V-Ausschnitt, der ihr Dekolleté reizvoll zur Geltung brachte. Magda kannte ihre Freundin gut, und wenn diese ihre langen braunen Naturlocken unkontrolliert tanzen ließ, dann war das ein Signal. Alarmstufe Rot! Ihre cognacfarbene Lederjacke hatte Lilly achtlos über die Stuhllehne geworfen, und ihre langen, wohlgeformten Beine waren effektvoll übereinandergeschlagen. Die Peeptoes, die Magda noch nicht kannte, leuchteten ihr in allen Farben entgegen. Lillys sündhaft teure Designerbrille lag geschickt platziert neben ihrem Cappuccino. Die Brille war ein Geschenk von Phil, ihrem Ehemann. Ein wenig Wimperntusche brachte Lillys smaragdgrüne Augen zum Strahlen, und ein Hauch Rouge verlieh ihrem Gesicht mit den hohen Wangenknochen etwas Exotisches. Nur die Lippen hatte sie kontrastreich zu ihrer Augenfarbe dunkelbraun nachgezogen.

Lilly wusste genau, wie sie sich und ihre tadellose Figur am besten zur Geltung brachte, und Magda wurde nachdenklich. Ihre Freundin würde doch nicht wirklich …? Beinahe konnte sie Lilly verstehen. Dieser sonnige Tag forderte zu derartigen Dummheiten geradezu heraus. Aber wieso ausgerechnet Lilly?

Während Magda ihrer Freundin vorsichtig einen Begrüßungskuss auf die Wange hauchte, um ja nicht Lillys perfektes Make-up zu ruinieren, überlegte sie, ob sie Probleme in der Ehe mit Phil nicht bemerkt hatte. Nein, die beiden waren ein Vorzeige-Ehepaar, elegante und angesehene Menschen, großzügige Gastgeber und Magdas und Tims beste Freunde. Lilly und Phil waren unterhaltsam, immer gut gelaunt, und sie verbrachten jede freie Minute mit ihnen. Woran lag es also, dass Lilly diesen abwegigen Gedanken ernsthaft verfolgte?

Magda nahm sich fest vor, die Gefühlsachterbahn ihrer Freundin zu ignorieren, auch wenn sie wusste, dass das nicht einfach sein würde. Denn wenn Lilly sich etwas in den Kopf setzte, dann ließ sie sich durch nichts davon abbringen, selbst wenn Ärger vorprogrammiert war.

»Alle Achtung, Lilly, du siehst blendend aus!«, platzte Magda ohne Umschweife heraus, und das war ehrlich gemeint.

Lilly schätzte das Kompliment ihrer Freundin, die sonst recht sparsam damit umging.

»Ich lade dich heute ein, Magda, weil ich dich so früh geweckt habe und weil du mir nicht böse warst.« So übernahm sie die Rechnung von vornherein und ließ keinen Widerspruch zu.

»Das klingt nach Bestechung. Was hast du vor?«

»Zwei Espressi, bitte«, orderte Lilly bei ihrem Lieblingskellner. »Oder sollen wir gleich mit einer Kalorienbombe anfangen?«, wandte sie sich an Magda, die sich erst einmal für einen starken Kaffee entschied.

Magda hoffte, dass ihre Freundin die Schmetterlinge hatte fliegen lassen, und fragte ganz nebenbei: »Seid ihr am Sonntag noch gut nach Hause gekommen?«

»Ja, schon …«, Lilly zögerte. »Ich hatte nichts getrunken, wie du weißt, aber Phil hat mal wieder über meine Fahrweise gemeckert, obwohl er genau weiß, dass ich nachts eben einfach langsamer fahre. Ich nehme Rücksicht, indem ich nichts trinke, und dann bin ich die Dumme, immer dasselbe.«

Magda spürte den leichten Frust in Lillys Stimme.

Am Sonntag hatten sie zu viert beim Sternekoch auf der *Höri* zu Abend gegessen, Phil und Lilly, Tim und sie.

»Das Essen war wieder fantastisch, findest du nicht auch?«, fuhr Magda fort. »Ein richtig schöner Abend.«

Immer wieder hatte Magda das Bild vor Augen, wie Phil zärtlich Lillys Hand nahm und sie liebevoll drückte. Neidisch konnte man dabei werden. Tim mochte es nicht, Zärtlichkeiten in der Öffentlichkeit auszutauschen, obwohl ihr das schon manchmal gefallen hätte. »Das haben wir nicht nötig«, kommentierte er bloß nüchtern. Aber sie dachte: »Ich schon …«

Magda wollte es vermeiden, auf das Telefongespräch vom Vormittag zurückzukommen, hatte aber die Rechnung ohne Lilly gemacht, die direkt zum Angriff ausholte.

»Nicht, dass du mich falsch verstehst, ich will Phil nicht gleich verlassen, nur weil ich mir mal etwas anderes vorstellen könnte«, begann sie mit dem leidigen Thema und schaute Magda mit ihren grünen Augen sehnsüchtig an, beinahe so, als müsste sie ihre Verführungskünste schon mal ausprobieren.

»Einfach mal einen Seitensprung wagen«, fuhr sie fort, »das ist doch kein Verbrechen, oder?«

Magda wurde still, Lillys Beharrlichkeit gab ihr zu denken und nervte gleichzeitig.

»Ein moralisches Verbrechen ist es in jedem Fall, Lilly, und du weißt genau um die Folgen. Stell dir das nicht so romantisch vor. Dazu muss man eiskalt sein, was du nicht bist, oder ein dickes Fell haben, was du nicht hast.« Dabei musterte sie Lillys Figur von oben bis unten und fuhr eindringlich fort: »Außerdem hat Phil das nicht verdient. Er ist ein fantastischer, aufmerksamer Ehemann und ein brillanter Rechtsanwalt dazu.« Und mit Nachdruck bemerkte sie: »Den hätte selbst ich in jungen Jahren nicht von der Bettkante gewiesen.«

Magda hoffte, Lilly würde bei diesem provozierenden Satz aufhorchen und sich bewusst werden, dass Phil ein wirklich guter Ehemann war, der ihr alle Wünsche erfüllte und sie auf Händen trug. Außerdem hatte Lilly ihr vor längerer Zeit erzählt, dass Phil nach wie vor ein guter Liebhaber war. Was sollten also diese albernen Gedanken einer verheirateten Frau mit knapp über fünfzig?

Lilly verzog das Gesicht und rollte genervt ihre Augen nach oben: »Du bringst es auf den Punkt – in jungen Jahren, und die sind nun mal vorbei, unwiederbringlich! Aber das hätte ich mir ja denken können, dass du mir eine Moralpredigt halten und kein Verständnis zeigen würdest.« Sie hielt kurz inne und holte tief Luft, um nachdenklich fortzufahren: »Sag mal, ist es denn so schlimm, sich noch einmal zu verlieben, Herzklopfen zu haben …?« Sehnsüchtig schaute sie in den wolkenlosen Himmel.

»Wartest du auf den Segen von oben«, unterbrach Magda Lillys Träumereien, »oder sollen wir gleich mal alle Männer, die hier auf der Terrasse sitzen, unter die Lupe nehmen? Vielleicht fangen wir direkt mit diesem netten, älteren Herrn an.« Sie deutete auf einen Mann direkt gegenüber, der gerade seinen Kamillentee bei inzwischen 23 Grad im Schatten schlürfte. Magda war nun richtig in Fahrt: »Wir fragen ihn, ob er noch zu haben ist, denn meine Freundin Lilly ist plötzlich liebestoll.« Sie bemühte sich, ihre Ironie im Zaum zu halten, und fuhr ungerührt fort: »Gib lieber deinen Lottoschein ab, da bist du dem Glück näher als den Schmetterlingen.«

Lilly nagte nervös an ihrer Unterlippe. Magdas Zynismus missfiel ihr, sie war beleidigt.

Magda überlegte kurz, ob sie den Bogen gerade überspannt hatte, aber Lillys Gefühlsduseleien gingen ihr auf die Nerven. Das Sprichwort *Man soll den Tag nicht vor dem Abend loben* fiel ihr ein, was sich erneut bewahrheitete.

»Hör mal«, redete Magda ihrer Freundin ins Gewissen, »das kann nicht dein Ernst sein. Was willst du wirklich, Schmetterlinge oder einen Seitensprung?«

»Am besten beides«, entgegnete Lilly spontan, und ihre Stimme hatte dabei etwas Sehnsüchtiges, ganz so, als würde sie sich nicht davon abbringen lassen, die nächstbeste Gelegenheit, die sich bieten würde, beim Schopf zu packen.

Magda versuchte nun, mit einem nüchternen Vergleich die brenzlige Situation zu entschärfen: »Seitensprung klingt für mich wie Sport, wie Hochsprung oder Weitsprung, jedenfalls hat das nichts mit Romantik zu tun.«

Lillys Gesicht nahm zuerst einen trotzigen und dann einen melancholischen Ausdruck an: »Luftsprung hast du vergessen, Magda, ganz einfach, Luftsprung.« Und gedankenverloren, als hätte sie das Objekt ihrer Begierde bereits vor Augen, setzte sie fort: »Ich finde, das Wort hat etwas Verlockendes, Geheimnisvolles.«

Magda war nun nahe daran, ihrer Freundin den berühmten Sprung in der Schüssel anzulasten.

Sie dachte an Tim, ihre große Liebe, und an die vergangene Nacht. Ja, es war schön mit ihm, wie immer eben. Aber die Schmetterlinge waren längst in eine andere Richtung geflogen. Ihn deshalb zu betrügen? Nein, das kam ihr nicht in den Sinn.

Magda legte versöhnlich den Arm um die Schulter ihrer Freundin und nahm sie leise ins Gebet: »Lilly, sich gezielt zu verlieben oder danach zu suchen, das klappt sowieso nicht. Das kommt urplötzlich, es macht *Peng* und dann geht nichts mehr. Der Körper sendet eigene Signale, und man kann nichts dagegen tun.«

Lilly runzelte die Stirn und dachte angestrengt über Magdas Worte nach. Plötzlich erinnerte sie sich an ein Zitat von Louis Pasteur: *Der Zufall begünstigt nur einen vorbereiteten Geist.* Ja, ihr Geist war vorbereitet, und der Zufall würde ihr helfen.

Magda war ratlos. Sie sah nicht die geringste Chance, Pasteur etwas entgegenzusetzen.

»Na dann, viel Glück, meine Liebe! Komm aber bitte nicht auf die Idee, mich in diese ganze Sache mit hineinzuziehen. Ich werde nicht deine Komplizin sein.«

Lilly schaute irritiert zu Magda. »Machst du Scherze?«, fragte sie ungläubig. »Ich brauche doch eine Vertraute, du bist meine beste Freundin!«

»Ohne mich!«, Magda wurde böse. »Und die Schmetterlinge gehen spätestens nach ein paar Wochen sowieso baden. Für deinen vorhersehbaren Katzenjammer fühle ich mich dieses Mal nicht zuständig!«

Einen Moment lang war es mucksmäuschenstill, und Lilly senkte pikiert den Kopf. Das große Drama kam ihr wieder in den Sinn, bei dem sie Magda vor fünfundzwanzig Jahren kennengelernt hatte. Sie waren damals beide noch Single gewesen und hatten, ohne voneinander zu wissen, ein halbes Jahr lang denselben Lover gehabt. Er hatte beide Frauen in Atem gehalten, bis Magda eines Abends überraschend in der Wohnung von Mike aufgetaucht war und Lilly halb nackt auf seinem Sofa entdeckt hatte. Magda hatte ihr knallhart die Augen geöffnet und sie in ihrem albernen Liebeskummer sogar noch getröstet. Aus dem verlogenen Verhältnis mit Mike waren beide gestärkt hervorgegangen, und mit diesem aufschlussreichen Abend wurden sie beste Freundinnen. Sogar als Trauzeuginnen hatten sie sich am schönsten Tag ihres Lebens zur Seite gestanden.

Lilly wusste, wenn es um Männer geht, war mit Magda nicht zu spaßen. Daher beschloss sie, das Thema nicht eskalieren zu lassen.

»Dein Horoskop gilt für eine ganze Woche, du hast also genügend Zeit, deinen Flöhen im Kopf einen Freiflug zu schenken«, beendete Magda energisch das Thema.

»Keine Flöhe«, betonte Lilly schnippisch. »Ich spreche von Schmetterlingen im Bauch, falls du überhaupt noch weißt, was das ist.«

21

Magda ignorierte den kleinen Seitenhieb und lenkte das Gespräch bewusst in eine andere Richtung.

»Hast du noch ein paar Termine frei, Lilly? Mein Rücken macht mir mal wieder Probleme, und ein paar Massagen und heiße Fangopackungen würden mir guttun.«

Geschäftig zog sie ihr neues iPhone aus der Handtasche und setzte ein wichtiges Gesicht auf. »Nein, diese Woche geht gar nichts mehr. Höchstens bei Betty, die hat noch einen Termin frei, und zwar morgen früh um 09.30 Uhr. Das ist dir sicherlich zu früh. Du kommst ja nie aus den Federn, und schlecht gelaunte Menschen kann ich morgens nicht ertragen.«

»Bei Betty? Prima!«, entgegnete Magda spontan und schaute in Lillys überraschtes Gesicht.

»Dann sehen wir uns morgen um halb zehn, gut gelaunt!« Sie freute sich auf Betty, die stets stillschweigend ihre Arbeit machte und nur redete, wenn der Patient ein Gespräch suchte. Lilly konnte hingegen anstrengend sein und pausenlos plappern – bei Freunden sowieso.

Betty und Lilly betrieben gemeinsam eine Massagepraxis in der Innenstadt. Lilly hatte über Monate nach einer Anstellung in einer adäquaten Praxis gesucht, bis Phil sie mit der Chance überraschte hatte, selbstständig zu werden und bei Betty mit einzusteigen.

Auf ihr Unternehmen war Lilly stolz wie ein Pfau, und an fünf Vormittagen in der Woche schuftete sie ihrer Meinung nach *wie ein Stier*. Sie machte ihre Arbeit gewissenhaft und sehr gut, immer im Sinne ihrer Patienten und deren Ärzte. Gerne wurde sie von männlichen Patienten aufgesucht, die voll des Lobes über ihre kräftigen Massagegriffe und ihre unterhaltsame Art waren. Zu Betty, die Anfang sechzig war und ans Aufhören dachte, kamen vorzugsweise ältere Damen, was Betty in ihrer Gutmütigkeit aber locker wegsteckte.

Liliane Haysch & Bettina Spröde
Praxis für Physiotherapie
Privat- & Kassenpatienten
Termine nur nach Vereinbarung

Danach folgten die Telefonnummer und in kleinerer Schrift die E-Mail-Adresse. Die auf Hochglanz polierte Messingtafel mit dem dunkelblau eingravierten Text stach sofort ins Auge.

»Aha«, dachte Magda am nächsten Morgen, als sie vor der Praxis stand, »ein neues Schild, edel und sehr schön. Da haben die zwei Damen aber kräftig investiert.«

»Ich habe nun wider Erwarten doch Zeit für dich, Magda. Ein Patient hat sich heute Morgen beim Joggen den Knöchel verstaucht und muss erst mal zum Arzt«, empfing Lilly ihre Freundin.

Endlich lag Magda im warmen Fango, schloss schnell ihre Augen und gab damit zu verstehen, dass sie Ruhe haben wollte. Lilly setzte sich zaghaft zu ihr auf die Liege.

»Darf ich dich kurz stören?«

Magda nickte und schaute ihre Freundin gleichmütig an. »Was bleibt mir auch anderes übrig?«

Lilly holte tief Luft, und ungeachtet Magdas inzwischen wieder geschlossener Augen fuhr sie fort: »Du hast recht mit dem *Peng*, aber ich spüre, dass irgendetwas in der Luft liegt.«

»Hör mal, Lilly! Hier in deiner Praxis sitzt du doch an der Quelle, was Männer betrifft, und bekommst die nackten Tatsachen auf der Liege serviert, oder?«

»Halb nackt, aber selbst das sind sie nicht alle«, erwiderte Lilly schelmisch.

»Na, ein kleines Geheimnis sollst du dir schließlich bewahren.«

Endlich gab sie Ruhe und knetete Magda fest durch, der Lillys Grobheit zu bunt wurde, was sie lautstark zum Ausdruck brachte. Ungerührt zog Lilly ihrer Freundin den Slip leicht herunter, klapste ihr kraftvoll auf den Po und meinte lächelnd: »So, alles schön locker, jetzt kannst du wieder Kunststücke im Bettchen machen!«

3

Tatsächlich war es der berühmte Zufall, der Lilly und Fred zusammenbrachte, und im Nachhinein ärgerte sich Magda schwarz, dass sie diese Begegnung nicht verhindert hatte, obwohl sie die Chance dazu gehabt hätte. Warum hatte sie ihm nicht einfach gesagt, dass Lilly bis zum Sankt-Nimmerleins-Tag mit Massageterminen ausgebucht sei? Aber auch Schönheitschirurgen klemmen sich mal einen Nerv ein, den sie nicht selber behandeln können. Dann brauchen sie geschickte Hände, und da war Fred bei Lilly an der richtigen Adresse.

Tim baute zu diesem Zeitpunkt für Dr. Fred Meinradt einen Prunkpalast vom Feinsten, mit unzähligen Zimmern, Sauna, Innen- und Außenpool, Fitnessraum und privaten Praxisräumen.

Magda war überrascht, als Tim sie anrief und fast panisch flehte: »Bitte, bring Lilly dazu, meinem Bauherrn sofort einen Termin zu geben. Er hat wahrscheinlich einen eingeklemmten Nerv, muss aber schnellstens wieder auf die Beine kommen. Eine wichtige Operation wartet morgen früh auf ihn ... Und sag ihr, Geld spielt keine Rolle!«

Bis zu diesem Anruf wusste Magda weder, wer Fred war, noch, was er beruflich machte, und so gab sie als besorgte Ehefrau bereitwillig Lillys Telefonnummer preis.

Lilly verliebte sich Hals über Kopf in Fred, was Magda zuerst nicht glauben konnte. Doch dann fiel ihr das Horoskop wieder ein. Es hatte sie tatsächlich erwischt, war das denn möglich? Oder war es der vom Schicksal begünstigte Zufall, von dem Lilly geträumt hatte? Magda überlegte und hoffte innig, ihre Freundin würde sich nicht einer unüberlegten Schönheitsoperation unterziehen, nur um Fred zu gefallen. Sie war so anfällig für solche Dinge, das spürte Magda immer wieder in Gesprächen mit ihrer Freundin. Erwähnte Lilly nicht vor ein paar Wochen, dass ihr gut geformter, großer Busen, auf den sie immer sehr stolz war, nicht mehr so schön fest war und ihre Halsfalten sie nervten?

»Das kommt davon, wenn man den ganzen Tag mit gesenktem Kopf massiert. Dieses Faltenrisiko müsste man in die Preise mit einkalkulieren und Rücklagen für eine entsprechende Operation bilden.«

»Übertreibe bitte nicht«, bog Magda sie zurecht. »Du arbeitest nur vormittags und nicht den ganzen Tag. Außerdem verdienst du, dank deiner zahlreichen Privatpatienten, ein Schweinegeld! Nebenbei bemerkt: An unseren Männern ist auch nicht mehr alles taufrisch ... und wir lieben sie doch trotzdem!«

»Ja?«, wagte Lilly zu bezweifeln.

Magda war außer sich: »Lilly, meine beste Freundin, intelligent und emanzipiert bis in die Haarwurzeln, Unternehmerin, eine Frau am Puls der Zeit, Ratgeberin für ältere Damen, die sich bei ihr während der Massage über mangelndes Verständnis ihrer Ehemänner und halbherzigen Sex ausweinen, flippt bei einem *Messerwetzer* aus. Unglaublich, was für ein Schock!«

»Er hat für sein Alter eine sehr gute Figur«, schwärmte Lilly. »Dabei ist er auch schon Mitte fünfzig, aber er hat nie geraucht, viel Sport getrieben und immer für eine gute Ernährung gesorgt.«

»Und ausreichend Sex«, ergänzte Magda Lillys Gesundheitsvortrag.

»Das setze ich voraus«, konterte Lilly.

Magda wurde neugierig. »Sternzeichen?«, fragte sie.

»Weiß ich noch nicht«, erwiderte Lilly unwirsch, »und seine Blutgruppe kenne ich auch nicht!«

»Wieso bist du so genervt? Diese banalen Dinge interessieren dich doch immer zuerst«, beendete Magda die Sternstunde.

Lilly wartete sehnsüchtig auf eine Einladung von Fred, die nicht so schnell kam, wie sie es sich erhoffte, obwohl sie mit allen Tricks darauf hinarbeitete. Jedes Mal, bevor ihr Schwarm auftauchte, tauschte sie ihre weißen Gesundheitsschuhe gegen halsbrecherische Pumps aus, ihren hellblauen Kittel ersetzte sie durch figurbetonte Kleider mit aufreizendem Ausschnitt, und ihre sonst flüchtig hochgesteckten Locken fielen offen und glänzend über die Schultern. Selbst Betty schüttelte verständnislos den Kopf über diese haarsträubenden Umziehmanöver. Ihr schwante Unheil. »Da muss ein anderer Mann dahinterstecken«, mutmaßte sie, hielt sich jedoch mit neugierigen Fragen diskret zurück.

Erst nach der dritten Massage kam die lang ersehnte Frage: »Lilly, haben Sie Lust auf ein gemeinsames Mittagessen? Ich möchte Sie sehr gerne einladen.«

Fred war ihr letzter Patient an diesem Vormittag, und Phil war bei Gericht. Es ging um eine Ehescheidung, die sich bereits im Vorfeld als schwierig und langwierig herausgestellt hatte. Lilly hatte also Zeit, wollte ihre Freude über diese Einladung jedoch nicht direkt preisgeben und tat belanglos: »Das trifft sich gut, Herr Dr. Meinradt, aber wäre es möglich, vorher noch schnell mein Auto in der Werkstatt abzuholen? Sie ist ganz in der Nähe und …«

Charmant würgte Fred ihre Bitte ab: »Das machen wir nach dem Essen, einverstanden?«

»Ein Maserati«, dachte Lilly erstaunt, als Fred vorfuhr, ausstieg und ihr galant die Beifahrertür öffnete. Sein Gewerbe schien gut zu laufen. Sie dachte an die vielen Filmstars in den Zeitschriften, die so straff geliftet waren, dass sie nicht einmal mehr lachen konnten, weil es ihnen vergangen war. Eine ihrer Patientinnen, Erika Schulze, brachte seit Jahren regelmäßig Geld in die Schweiz zu einem *Skalpell-Schwinger*, wie sie die Ärzte nannte, und gönnte sich stattdessen keinen Urlaub mehr. Lilly fand, dass diese Investitionen für die Katz waren. Frau Schulze wurde nie schöner, schlanker oder in irgendeiner Weise ansehnlicher. Vergebens und immer wieder aufs Neue versuchte sie, die vielen Narben bei Frau Schulze wegzumassieren.

Fred war sehr charmant und machte Lilly bereits während der Autofahrt Komplimente: »Sie haben magische Hände, Lilly. Sie sind nicht nur eine bezaubernde Frau, Sie sind auch eine Künstlerin und haben mich wieder topfit gemacht.«

Lilly zeigte sich bescheiden: »Aber Fred, das ist doch mein Job. Ich liebe meine Arbeit und freue mich immer, wenn meine Patienten wieder wohlauf sind.«

»Ich hoffe doch sehr, dass ich nicht nur ein Patient für Sie bin, Lilly. Ich möchte Ihnen eher ein Freund sein, und

28

den Beginn dieser Freundschaft sollten wir mit einem exzellenten Champagner begießen.«

Lilly stockte der Atem. Sie war plötzlich ganz aufgeregt und fragte sich ängstlich, ob man ihr Herzklopfen sehen konnte. Wie peinlich das wäre!

Sie fuhren stadtauswärts, und Lilly betete, dass Fred sie nicht zum Sternekoch bringen würde. Das wäre fatal, denn Phil würde es sofort erfahren. Nicht vom Chef, der war verschwiegen und in seiner Gastronomie einiges gewohnt. Aber die attraktive Sommelière, die Phil immer verheißungsvolle Blicke zuwarf und auf so ein gefundenes Fressen schon lange wartete, wäre bestimmt nicht so diskret. Lilly müsste Fred in diesem Fall die prekäre Situation erklären …

Sie hielten vor einem kleinen italienischen Restaurant, das – den vielen Autos auf dem Parkplatz nach zu urteilen – gut besucht war.

»Brandneu, der Italiener«, verkündete Fred. »Und er bietet eine exquisite Küche!«

Lilly fühlte sich unbehaglich. Sie zitterte vor Aufregung und hoffte, dass kein Gast sie erkennen würde, schon wegen Phil nicht, der in der ganzen Stadt bekannt war. Vorsichtshalber legte sie sich eine Ausrede parat: Sie traf sich lediglich mit einem dankbaren Patienten!

Giovanni begrüßte sie mit Handschlag und fragte: »Tisch Nummer eins wie immer, Herr Doktor?«

Fred nickte grinsend und steckte *Giovanni* einen Geldschein zu. Lilly erschrak und überlegte fieberhaft, wofür das Geld gedacht war. Hatte *Giovanni* etwa auch Zimmer? Als hätte Fred ihre Gedanken erraten, sagte er: »Dann kocht er besonders gut, und er kennt mein Lieblingsmenü.«

Sie erinnerte sich an ihr Wochenhoroskop: »Die magische Kraft eines Menschen ... dem sollten Sie sich nicht verschließen ...« Nein, sie dachte nicht im Geringsten daran, sich gegen irgendetwas an der Seite dieses aufregenden Mannes zu verschließen. Sie fühlte das Kribbeln in der Magengegend, auf das sie so lange warten musste. Da waren sie, die Schmetterlinge, endlich!

Am liebsten wäre sie mit Fred bis ans Ende der Welt gefahren. Morgens Fango, abends Tango! Ja, das passte, aber zuerst gab es Champagner. Und dann? Die Schmetterlinge trugen einen gewaltigen Kampf in ihrem Inneren aus, und sie konnte kaum noch Freds Worten folgen.

»Den Kaffee können wir bei mir zu Hause trinken, Lilly, einverstanden?«

Sie nickte geistesabwesend und fühlte sich leicht *angeflascherlt*. Das Wort hatte sie aus Österreich mitgebracht und benutzte es immer, wenn sie, wie jetzt, etwas zu viel getrunken hatte.

Gezielt fuhr Fred, der sich beim ersten Glas Champagner als *Freddy* vorgestellt hatte, nach einem opulenten Menü und einem *Brunello di Montalcino* zu seinem Haus. Sie ahnte, dass er zu allem entschlossen war, und duckte sich tief in den Vordersitz des mit dunkel getönten Fenstern ausgestatteten, feudalen Autos. Als hätte er ihre Furcht, gesehen zu werden, erraten, sagte er leise: »Du brauchst dich nicht zu verstecken, Lilly. Es sieht dich niemand.«

Für einen Moment verschlug es Lilly die Sprache, als sie Freds Haus sah. Sie tat aber so, als hätte sie nichts anderes erwartet als das: einen modernen *Marmor-Stein-und-Eisen-bricht-Kasten*.

»Nobel«, entfuhr es ihr, und Fred fühlte sich geschmeichelt.

»Ich gebe immer mein Bestes«, erwiderte er vielsagend. Das wollte Lilly nur zu gerne glauben.

Sie lebte mit Phil in einem bescheidenen, aber romantischen Einfamilienhaus am *Staaderberg*, welches ihr jetzt wie ein biederes Pförtnerhäuschen vorkam. Phil hatte es nach dem Tod seiner Eltern geerbt, und Tim hatte es nach ihren Wünschen zu einem viel bewunderten Kleinod umgebaut.

Ein Schreck durchfuhr sie wie ein Blitz. Was würde sie tun, wenn Tim, der diesen Prunkbau als Architekt entworfen hatte, jetzt aus der Tür herauskäme? Das Haus sah nicht komplett fertig aus. Noch konnte sie kneifen. Für einen Moment hoffte Lilly sogar, Tim würde auf den Hof fahren oder aus der Eingangstür treten, sie retten und nach Hause fahren, zu Phil. Sie hätten dann beide ein kleines Geheimnis, welches er niemals verraten würde. Notfalls könnte sie den Abstecher hierher damit erklären, dass dies eine rein private Massagestunde sei. Aber Tim war weit und breit nicht zu sehen.

Der Alkohol wirkte zunehmend, und plötzlich war ihr alles egal, selbst der fadenscheinig in Aussicht gestellte Espresso, den sie nach jedem Essen so sehr liebte. Sie hatte nur noch einen einzigen Gedanken: Sie musste die Schmetterlinge beruhigen.

Kaum war die schwere Eichentür hinter ihnen ins Schloss gefallen, drängte Fred sie unter fordernden Küssen in sein Schlafzimmer. Seine gierigen Hände waren überall, und plötzlich war sie nackt, nur ihre Pumps trug sie noch. Sie ahnte, was kommen würde. Aber das war doch ihre

Vision: richtig guter Sex mit einem Mann, der ihr den Verstand raubte.

»Noch ein Gläschen, Lilly?«

Sie riss die Flasche Champagner aus dem mit Eis gefüllten Kübel und führte sie an ihre Lippen, nahm einen kräftigen Schluck und ließ sich rückwärts auf Freds seidenweiche Spielwiese fallen.

4

»Magda, ich habe mit ihm geschlafen.« Lilly knetete gut gelaunt und mit ungeheurer Energie die Schultern ihrer Freundin.

Magda stellte sich dumm, obwohl sie ahnte, was auf sie zukommen würde.

»Mit wem, bitte schön, wenn ich fragen darf?«

»Mit Fred, dem Bauherrn von deinem Tim. Du hast ihm meine Telefonnummer gegeben, weißt du noch?«

»Im Klartext heißt das also, Tim und ich sind schuld, dass du Sex mit Herrn Dr. Fred Meinradt hattest. Du meine Güte ...«

»Das war nicht einfach nur Sex, Magda«, schwärmte Lilly verträumt. »Und von Schuld kann nicht die Rede sein. Das war Vergnügen pur, Sex auf höchstem Niveau.«

»Dann war es kein guter Sex, dabei gibt es nämlich kein Niveau!«

Lilly schwärmte, von Magdas Aussage unbeeindruckt, weiter: »Fred ist anziehend und ausziehend zugleich.«

»Lieber Gott«, betete Magda, »lass das alles einen schlechten Witz sein.«

Aber das Lachen war ihr bereits mit dieser Pointe gründlich vergangen.

»Magda, ich finde, jede Frau sollte einmal im Leben einen Seitensprung wagen.«

»Bleibt es denn bei einem?«

»Das kann ich dir nicht versprechen, ich bin süchtig nach ihm.«

»Du bist auf dem direkten Weg, eine Geliebte zu werden. Reicht dir das etwa?«

»Im Augenblick schon!« und plötzlich nahm Lillys Stimme einen inbrünstigen Ton an.

»Magda, es hat mich total erwischt. Ich fühle mich wie ein verliebter Teenager. Fred interessiert mich, ich möchte alles von ihm wissen und ihn so viel fragen.«

»Tu das bitte nicht, zügele besser deine Neugier. Männer mögen es nicht, wenn man sie ausfragt; die wollen lieber ausgezogen werden«, riet Magda und kam sich dabei vor wie eine alternde Sexualberaterin.

Lilly zwickte Magda liebevoll in die Schulter und kicherte albern.

»Okay, Lilly, du bist verliebt und kannst Schwarz nicht mehr von Weiß unterscheiden. Sieh zu, dass du aus dieser Nummer so schnell als möglich wieder herauskommst. Deinen Spaß hattest du ja nun.«

Doch Lilly blieb hartnäckig beim Thema.

»Magda, hattest du schon einmal einen Dirty Talk?«

»Einen Dirty was?«, fragte Magda entgeistert.

»Einen Dirty Talk, wenn du verstehst, was ich meine.«

Magda verstand endlich und fragte interessiert: »Brauchst du das, Lilly?«

»Ich hatte es noch nicht – bis jetzt!«, erwiderte sie leicht errötend und versuchte, Magda eingehend in die Geheimnisse schmutziger Worte einzuweihen.

»Fred flüstert mir unsaubere Dinge ins Ohr. Und seine Hände … Magda, der hat es drauf, da vergeht einem Hören und Sehen.«

Magda verspürte nicht die geringste Lust, sich Lillys erotischen Vortrag weiter anzuhören, und unterbrach sie schroff: »Lilly, eure Spielchen interessieren mich nicht die Bohne. Aber nebenbei bemerkt: Das Hören sollte dir dabei besser nicht vergehen.«

»Sei nicht so überheblich, Magda, ein bisschen Abwechslung würde deiner Ehe auch guttun!«

Dabei gab sie Magda den obligatorischen Klaps auf den Po und fügte einen versöhnlichen Kommentar hinzu: »So stramm wie dein Allerwertester noch ist, wäre es viel zu schade, ihn nur einem Mann zu zeigen.«

Magda überhörte diesen Tipp geflissentlich und konterte stattdessen: »Übrigens, liebe Lilly, dein Phil hat mir gestern Nachmittag eine SMS geschickt. Er hat dich vermisst und wusste nicht, wo du steckst!«

»Und wieso sagst du mir das erst jetzt?« Panik klang aus Lillys Frage.

»Weil du mich dann vor Aufregung nicht anständig massiert hättest, oder willst du das abstreiten?«

»Was hast du ihm geantwortet?«

Magda frohlockte. »Ich habe ihm mitgeteilt, dass du dich gerade mit einem Bauherrn von Tim vergnügst und nicht gestört werden möchtest.«

Lilly lispelte seit Kindheitstagen, und wenn sie aufgeregt war, wie in diesem Moment, dann war es besonders ausgeprägt. Die Zischlaute sprudelten aus ihr heraus, wobei ihr Gesicht zuerst rot und dann leichenblass wurde.

Nachdem sie genug geflucht hatte, forderte sie: »Magda, die Wahrheit, bitte!«

»Also gut, ich habe ihm gesagt, dass du intensiv in einen Dirty Talk vertieft bist und dadurch nicht erreichbar …«

Das war genug für Lilly. Wütend warf sie ihrer Freundin ein Handtuch an den Kopf. »Du bist unfair, Magda!«

»Mensch, Lilly, für wie bescheuert hältst du mich eigentlich? Ich habe ihm gesagt, dass ich keine Ahnung habe, wo du bist. Und das war nicht einmal gelogen.«

Lilly atmete erleichtert auf.

»Offiziell war ich mit Betty unterwegs. Das war das erste Mal, dass ich Phil belogen habe.«

Schuldbewusst schaute sie Magda an.

»Das wird nicht das letzte Mal gewesen sein, Lilly!«

»Das befürchte ich auch, Magda.«

5

Magda begann, sich für Fred und dessen Lebenswandel brennend zu interessieren, und so konnte sie es kaum erwarten, Tim nach dem Abendessen betont gelassen nach ihm auszuhorchen.

»Was ist das eigentlich für ein Typ, dieser Schönheitsdoktor? Lilly ist ganz begeistert von ihm, und er bezahlt sie überdurchschnittlich gut.«

Erstaunt sah Tim seine Frau an.

»Ein angenehmer Bauherr! Er zahlt pünktlich, ist pflegeleicht und hat keine Allüren, obwohl er als Arzt auf seinem Gebiet eine Kapazität ist.

Auch die Frauen in meinem Büro mögen ihn, weil er stets ein charmantes Wort fallen lässt und feinste Pralinen verteilt. Doch das Allerwichtigste ist, dass er meinen Ideen gegenüber aufgeschlossen ist und mich künstlerisch fordert!«

»Aha«, dachte Magda geringschätzig. »Keine Allüren, dafür Affären, und eine Kapazität scheint er auch auf anderen Gebieten zu sein.«

»Ist er liiert?«, wollte Magda wissen und tat dabei so scheinheilig, als würde sie nach dem Wetter von morgen fragen.

»Mensch, Magda, ist das ein Verhör? Soll ich zu ihm sagen: ›Hallo Fred, meine Frau wüsste gerne, ob du liiert bist?‹ Mich interessiert das überhaupt nicht!«

Magdas Lachen klang künstlich und eine Oktave zu hoch. »Tim, Frauen interessieren sich nun mal für VIPs. Und für eine Kapazität, wie Dr. Meinradt eine ist, sowieso. Vielleicht muss ich ihn in ein paar Jahren mal aufsuchen. Noch ist mein Busen auf *Penthouse* ausgerichtet, aber irgendwann gibt es diesbezüglich nur noch *Kellergeschoss*.« Es misslang ihr allerdings, bei diesem Vergleich humorvoll zu sein.

Tim winkte genervt ab und brummte: »Bis es so weit ist, sind noch ganz andere Dinge im Keller.« Dann verschwand er in der Küche, um zwei Gläser Grappa zu holen, die er bei seiner Rückkehr unsanft auf dem Tisch abstellte.

»Du kannst Fred übrigens höchstpersönlich fragen, ob er für dich einen Termin hat. Wir sind nämlich zur Hauseinweihung eingeladen.«

»Was?«, rief Magda entgeistert. »Und das sagst du jetzt erst?«

»Ich hatte ja vorher leider keine Möglichkeit.«

Tims Stimme nahm einen gereizten Unterton an, und schnell versuchte Magda, ihn bei Laune zu halten.

»Prost, Tim!«

»Prost, Magda, auf uns!«

Tim wurde nach dem zweiten Glas Grappa gesprächiger. »… was die Verhältnisse von Fred betrifft, weiß ich nur, dass er mit einer Schwedin verheiratet ist. Sie wohnt auf Gotland, ich glaube in Visby, und sie haben einen gemeinsamen Sohn, der auch Medizin studiert hat. Er arbeitet derzeit aber als Entwicklungshelfer in Kenia.«

In Magda brodelte es. Während sie versuchte, ihre aufkeimende Wut im Zaum zu halten, dachte sie, dass der

Junge schon wusste, warum er sich weit weg von alldem aufhielt. Immerhin hatte sie Tim wertvolle Neuigkeiten entlockt. Aber über die Tatsache, dass der feine Herr Doktor verheiratet war, kam sie nicht so schnell hinweg.

Etwas verstört stammelte sie: »Ich brauche noch ein Gläschen, Tim.«

»Leider ist die Flasche leer, und du wirkst schon leicht benommen. Aber einen Cognac kann ich dir noch anbieten.«

Magdas Gedanken überschlugen sich. Ja, sie war benommen. Dieser Mistkerl ging schließlich mit ihrer besten Freundin ins Bett und tarnte sich hinter einer soliden Ehe!

»Morgen Abend spiele ich mit Phil Tennis. Wollt ihr mitgehen, Lilly und du? Wir könnten hinterher noch etwas zusammen trinken, natürlich nur, wenn ihr zwei Schnatterhühner Lust dazu habt«, fragte Tim nun etwas aufgeräumter, um von diesem, in seinen Augen, unwichtigen Thema abzukommen.

»Das überlege ich mir noch«, flüsterte Magda. Sie fühlte sich betrunken und irgendwie hintergangen, von wem auch immer.

Weder Lilly noch Magda mochten es, ihren Männern brav beim Tennisspielen zuzusehen oder sie womöglich noch anzufeuern. Lilly nahm Magda die Entscheidung ab, und sie gingen zu viert ins *Tennis-Center*, wo sie mit großem Hallo von anderen Spielern und deren herausgeputzten Ehefrauen begrüßt wurden.

Während sich Phil und Tim knallhart die Tennisbälle um die Ohren schossen und dabei an einen perfekten Aufschlag dachten, überlegte Magda, wie sie das Gespräch am besten auf Fred lenken konnte. Wie sollte sie es Lilly sagen? Vielleicht wusste sie bereits, dass Fred verheiratet war und konnte gut damit leben.

Eine Zeit lang ließ Magda ihre Freundin reden, bereute das nach zehn Minuten jedoch zutiefst. Lilly war ahnungslos, und Magda fand keine Möglichkeit mehr, ihr die ganze unangenehme Wahrheit zu sagen. Aber wollte sie das überhaupt? Hatte sie das Recht, Lillys vermeintliches Glück derart zu zerpflücken? Doch andernfalls würde Magda ihre beste Freundin ins offene Messer rennen lassen, wobei sie sich nur schmerzhafte Wunden zufügen würde. Durfte sie sich als Richterin aufspielen und diese leuchtenden Augen zum Weinen bringen? Magda haderte mit sich selbst und beschloss schließlich, vorerst den Mund zu halten, was auch immer kommen würde. Manche Dinge regelten sich immerhin ganz von allein.

Als Mechthild, deren Mann auch gerade den Tennisschläger schwang, sich ohne zu fragen mit an ihren Tisch setzte, mussten Magda und Lilly ihr brisantes Gespräch beenden. Diese Eigenmächtigkeit behagte Lilly nicht, und sie setzte demonstrativ ein missmutiges Gesicht auf. Zu allem Überfluss wollte Mechthild auch noch wissen, was sie zu ihrer neuen Frisur sagten. Aber weder Lilly noch Magda konnten sich erinnern, dass diese Frau jemals eine andere Frisur getragen hatte. Als hätten sie sich zuvor abgesprochen, antwortete keine von beiden. Stattdessen schauten sie gleichgültig in Mechthilds fragendes Gesicht, das immer länger wurde.

Als Mechthild bemerkte, dass sie keine Antwort mehr bekommen würde, griff sie trotzig nach der vor ihr stehenden Flasche Prosecco und füllte ihr Glas randvoll.

Währenddessen fragte sie unverfroren: »Ich darf doch, oder?«

»Nein«, antwortete Lilly wie aus der Pistole geschossen. »Und deine Frisur und du, ihr seid beide eine Zumutung.«

Beleidigt suchte Mechthild das Weite.

Unglücklicherweise machte dieser kleine Zusammenstoß schnell die Runde, und Phil war tagelang sauer auf Lilly, die wiederum stolz darauf war, dieser blöden Zicke mal die Rote Karte gezeigt zu haben.

»Die war schon immer hinter Phil her«, fauchte sie wütend.

»Na und«, spottete Magda. »Den kannst du ihr jetzt sowieso abtreten!«

Für diese Äußerung erntete Magda neben einem vernichtenden Blick auch beleidigte Worte ihrer Freundin: »Noch eine Zicke!«

»Danke, Herzblatt! Aber was anderes, verrate mir mal: Wie schaffst du es, zwei Männer unter einen Hut zu bringen?«

»Sprich es ruhig aus! Du meinst doch unter eine Bettdecke, oder?« Auf einmal lächelte Lilly gequält, tat aber souverän. »Alles eine Frage der Organisation.«

Lillys Lobeshymnen auf *ihren Fred* nahmen kein Ende und reichten vom *zärtlichen Kuschelbär* bis hin zum *Schatzi-Putzi*.

»Und wo bleibt das *Mausezähnchen*?«, provozierte Magda ihre Freundin. »Und überhaupt, was würde eigentlich dein Phil zu derart fantasielosen Kosenamen sagen?«

Lilly schluckte und gab eine ehrliche Antwort: »Er würde denken, dass er nicht gemeint ist!«

Magda fand Lillys endlose Schwärmereien unerträglich und hörte nur noch mit einem Ohr zu. Immer wieder dachte sie an diese Schwedin, die womöglich mutterseelenallein in einem Haus auf dieser gottverlassenen Insel saß und sehnsüchtig auf die bestimmt seltenen Besuche ihres Mannes wartete. Wahrscheinlich waren ihre langen, blonden Haare schon grau geworden vor lauter Kummer … Moment, vielleicht war sie ja gar nicht blond, überlegte Magda, und womöglich führten die beiden eine offene und großzügige Ehe, das sollte es ja geben. Sie nahm sich vor, die Beziehungsgewohnheiten des Ehepaares Meinradt schnellstens in Erfahrung zu bringen, hier war Eile geboten. Trotz aller Brisanz musste sie die Sache vorsichtig angehen, Tim durfte keinen Verdacht schöpfen.

»Hör mal, Lilly, dieser Frauenversteher raubt dir noch das letzte bisschen Verstand. Rette deine Ehe, wenn überhaupt noch etwas zu retten ist. Denkst du denn nie an Phil?«

Unsicher schaute Lilly zu Magda.

»Doch, unentwegt. Aber man gewöhnt sich daran, ein schlechtes Gewissen zu haben.«

»Gott sei Dank schiebst du mich nicht vor, das könnte ins Auge gehen. Tim weiß nämlich immer, wo ich bin, und umgekehrt«, sagte Magda stolz, erschrak im nächsten Moment jedoch selber über diese fragwürdige Aussage. Wie würde sie reagieren, wenn sie von der Existenz einer anderen Frau erfahren würde? Die Vorstellung machte ihr Angst. Aber nein. Wenn es so wäre, würde Tim sie nicht aus heiterem Himmel von unterwegs anrufen und dabei *You are the sunshine of my life* summen. Lilly hätte sich darüber königlich amüsiert, aber es gab Dinge zwischen

Himmel und Erde, die auch die beste Freundin nicht wissen musste.

Was schon länger absehbar war, trat nun ein: Lilly und Magda stritten heftig über Lillys Ehemoral.

Magda konnte ihren Zorn nicht mehr verbergen. »Hast du denn kein Gewissen, keine Schuldgefühle? Schämst du dich denn gar nicht?«

Die Moralpredigt ihrer Freundin zerrte an Lillys Nerven.

»Doch«, gab sie unter Tränen zu, »vor dir!«

»Vor mir musst du dich nicht schämen. Schau besser in den Spiegel, erkennst du dich noch?«

Man sah Lilly an, dass ihr das Herz durch die harten Vorwürfe ihrer besten Freundin in die hautengen Jeans gerutscht war.

»Ich kann nicht mehr zurück, ich liebe ihn. Es drängt mich unentwegt zu ihm hin. Am liebsten wäre ich für immer bei ihm.«

Der würde sich bedanken. Die Stelle war bereits von seiner Frau besetzt. Magda überlegte, ob nicht jetzt der beste Moment dafür war, Lilly die Augen zu öffnen, ihr zu stecken, dass Fred verheiratet war. Jetzt konnte Lilly noch zurück. Doch Magda brachte nicht den Mut auf, zumal inzwischen wahre Sturzbäche aus Lillys Augen rannen.

Als sie sich wieder beruhigt hatte, sagte sie: »Ach, da ist noch etwas, Magda. Wir, das heißt Phil und ich, sind zu Freds Hauseinweihung eingeladen. Er freut sich darauf, meinen Mann kennenzulernen, um mit ihm eventuell ins Geschäft zu kommen.« Sie neigte ihren Kopf leicht zur Seite und überlegte laut: »Die Party ist ja erst in vier Wochen. Das ist Zeit genug, um gut auszusehen. Was ziehe ich denn an?«

»Guter Gott, Lilly, tu dir das nicht an«, entfuhr es Magda. »Wahrscheinlich hat er oft Ärger wegen misslungener Schönheitsoperationen und benötigt deshalb juristischen Beistand. Der Typ schreckt vor nichts zurück, kalt wie eine Hundeschnauze. Der ist ja noch geschmackloser, als ich dachte!«

Über Lillys Gesicht huschte ein gequältes Lächeln und leise sagte sie: »So negativ darfst du das nicht sehen, Magda. Aber wir treffen uns doch bei der Hauseinweihung, oder? Ich hoffe sehr, dass ihr auch da sein werdet!«

»Natürlich! Tim ist ja auch der Architekt, falls du das vor lauter Champagner und Freds Verführungskünsten vergessen hast«, erinnerte Magda ihre Freundin mit einem bissigen Blick.

Ihre großen grünen Augen schauten Magda traurig an. »Habe ich nicht!«

6

»Hallo, Magda, Phil hier!«

Magda wurde blass und war froh, dass Phil ihr aschfahl gewordenes Gesicht am Telefon nicht sehen konnte.

»Weißt du, wo Lilly steckt? Seit gut einer Stunde versuche ich, sie auf ihrem Handy zu erreichen.«

Magda stotterte herum, wie ein beim Lügen ertapptes Kind.

»Keine Ahnung, Phil. Versuche es doch mal auf dem Festnetz oder in der Praxis!«

»Lilly hat schon um halb zwölf Feierabend gemacht. Betty war allein und konnte mir auch nichts Näheres sagen, außer, dass sie es eilig hatte. Ich dachte, ihr seid vielleicht verabredet.«

Genau vor diesem Moment hatte Magda seit Wochen gezittert. Jetzt musste sie auch noch ihren treuen Freund Phil anlügen, während Lilly wahrscheinlich in einen Dirty Talk vertieft war und weder an ihren Ehemann noch an ihre beste Freundin dachte. Wie lange hielten das ihre Nerven noch aus?

»Magda, bist du noch da?«, fragte Phil besorgt.

»Ja, natürlich. Hör mal, Phil, vielleicht ist Lilly in einem Funkloch oder in einem Geschäft und hat …«

»Ich probiere es einfach weiter. Danke, Magda, und grüß doch bitte Tim von mir. Wir sehen uns dann auf dem Fest von diesem Wunderdoktor!«

Magda hoffte, dass Phil an diesem Abend nicht sein *blaues Wunder* erleben würde.

Die Hauseinweihung von Herrn Dr. Fred Meinradt war ein gesellschaftliches Ereignis, und Magda konnte es kaum erwarten, dem Lover ihrer Freundin gegenüberzustehen. Im Taxi fragte sie neugierig: »Ist Freds Ehefrau auch da?«

»Keine Ahnung«, antwortete Tim und sah Magda ungläubig an. »Wofür ihr Frauen euch alles interessiert!«

»War ja nur eine Frage. Auf die makellose Schönheit eines Ästhetikchirurgen ist man eben gespannt, und immerhin ist sie die Frau deines Bauherrn, die bei der Hauseinweihung ihres prominenten Gatten eigentlich nicht fehlen sollte!«, rechtfertigte sie ihre Frage, worauf Tim überhaupt nicht einging.

Magda fand es schade, dass Tim nie auf diese für sie wichtigen Themen reagierte. Jetzt war sie so schlau wie vorher. Sie hoffte sehr, dass Freds Angetraute bei der Einweihung dabei sein würde. Lilly wäre zwar wütend, aber kein Mensch würde je von ihrem Verhältnis zu ihm erfahren. Doch was, wenn Lilly eine Szene machen würde? Magda überkam es siedend heiß. Sie kannte das Temperament ihrer Freundin, vor allem in Verbindung mit Alkohol und verletzter Eitelkeit. Nicht auszudenken der Skandal … Magda ging mit unguten Gefühlen zu dieser Party und suchte vorsichtig Tims vertraute und beruhigende Hand.

Am großen Eingangstor der Prachtvilla von Herrn Dr. Fred Meinradt warteten bereits Lilly und Phil, deren Körpersprache eindeutig signalisierte: Wir haben Zoff, reißen uns aber zusammen! Diese Situation kannte Magda zur Genüge. Man streitet zu Hause, dass die Fetzen fliegen, und muss dennoch zusammen feiern gehen. Schließlich kann man dem Gastgeber kurzfristig nicht mehr absagen, ohne unhöflich zu sein oder ihn mit haarsträubenden Ausreden zu beleidigen. Dann fängt die gespielte gute Laune an, die im Anschluss an die Party mit weiterem Ärger zu Hause endet.

Lilly stand dort in einem schwarzen, hautengen Corsagenkleid, verführerisch und mit noch knallroteren Lippen als sonst. Sie glich einer feurigen Flamencotänzerin, und der schwere Haarknoten in ihrem Nacken unterstrich das gewollt. Magda musste anerkennen, dass Lilly sich auf ihren schwarzen Lack-High-Heels besser bewegen konnte als manches Model. Bei jedem ihrer wippenden Schritte bewunderte Magda die knallrote Laufsohle und war sogar ein bisschen neidisch darauf, dass Lilly sich die sündhaft teuren Schuhe tatsächlich gekauft hatte. In diesen Stilettos war sie auf Augenhöhe mit ihrem Phil: einen Meter und achtzig groß.

»Tim, sieht sie nicht wundervoll aus?«, fragte Magda leise ihren Ehemann.

»Wer?«, war seine gleichgültige Frage, und er schaute sich uninteressiert um.

Während sich die Männer herzlich umarmten, raunte Lilly ihrer Freundin ins Ohr: »Wir haben extra auf euch gewartet.«

Magda flüsterte umgehend zurück: »Lilly, dein Auftritt gleicht dem eines hinreißenden Filmstars. Ich finde, Fred hätte für dich ruhig den roten Teppich ausrollen können!«

Lilly hielt beschwörend den Zeigefinger auf den Mund. »Bitte, keine Namen. Wir haben schon Krach, weil Phil mir nicht mehr traut. Ich glaube, er ahnt etwas.«

Magda wurde nervös. Hoffentlich fanden diese Ahnungen heute Abend keine Bestätigung. Sie suchte in der Menge den Mann, der Fred sein konnte und Lilly so unglaublich aus dem Gleichgewicht gebracht hatte.

»Wo ist denn dein Torero?«, fragte sie Lilly, die bereits aufgeregt Ausschau nach ihrem Liebhaber hielt.

Plötzlich zupfte sie aufgeregt an Magdas Arm und strahlte über das ganze Gesicht.

»Da! Dort! Das ist er!«

Dr. Fred Meinradt erschien auf der Bildfläche, lächelnd, im Smoking, flankiert von zwei bildhübschen, langbeinigen und spärlich bekleideten jungen Frauen, an denen alles stimmte und doch nichts. Irgendwie glichen sie zwei Retorten-Babys.

Mit gedämpfter Stimme klärte Tim die kleine Runde auf: »Das sind seine Vorzeige-Models, die laufen immer hier herum, nette Mädchen.«

Magda blieb die Spucke weg, und sie fragte argwöhnisch: »Wieso hast du mir nie etwas von diesen *netten Mädchen* erzählt?«

»Da gibt es nichts zu erzählen. Sei nicht kindisch, die gehören zum Inventar, und man gewöhnt sich an sie«, war seine lapidare Antwort. Eine feine Röte überzog sein Gesicht, oder bildete sie sich das nur ein?

Lilly schlürfte bereits an ihrem zweiten Glas Champagner und sah Magda Hilfe suchend an.

»Die habe ich noch nie hier gesehen«, fauchte sie empört.

»Die wird er rechtzeitig vor dir verstecken, meine Liebe«, konterte Magda rücksichtslos. Sie ärgerte sich noch immer über Tims fadenscheinige Aussage.

Mit großen Schritten kam nun Fred auf die kleine Gruppe zu, küsste Magda galant die Hand, umarmte Lilly flüchtig, um dann Tim und Phil herzlich zu begrüßen. Seine beiden Püppchen hielten diskreten Abstand bei dieser Willkommenszeremonie und brachten erst auf sein Zeichen hin das Tablett mit den gefüllten Champagnergläsern.

»Herzlich willkommen in meinem Haus«, tönte nun der Strahlemann.

Lilly griff sofort nach einem weiteren Glas und stellte sich gekonnt in Pose. Magda taxierte ihn mit Argusaugen und urteilte in Windeseile. Das war genau der Typ Mann, der ihr nie im Leben hätte gefährlich werden können. Aufgesetzter Charme, selbstverliebt, schmallippig, schleimig! Sie konnte Lillys Begeisterung nicht annähernd begreifen und überlegte, ob sie verpflichtet war, das Spielchen, was hier ablief, mitzumachen. Widerwillig gab sie auf, Tim zuliebe.

Lilly griff erneut zum Champagner, und Magda schüttelte warnend mit dem Kopf, was Lilly siegessicher ignorierte.

»Es wäre besser gewesen, du wärst zu Hause geblieben, Lilly, und hättest eine Migräne vorgetäuscht. Phil hätte dich garantiert nicht alleine gelassen, und du könntest dir jetzt den ganzen Auftritt hier in der Höhle des Löwen schenken!«

Lilly reagierte überheblich und zuckte mit den Schultern.

Erst jetzt registrierte Magda, wie schmal Lilly geworden war, und plötzlich tat sie ihr leid. Sie erkannte, dass ihre Freundin in einer emotionalen Krise steckte, aus der sie so bald nicht mehr herauskommen würde. Ihr wurde schlagartig bewusst, dass das mit Fred keine flüchtige Affäre oder nur ein Seitensprung war. Hier bahnte sich eine Katastrophe an, und Lilly würde garantiert den Kürzeren ziehen.

Phil jonglierte gekonnt ein Tablett, auf dem sich kunstvoll Lachshäppchen stapelten, durch die Menge der Gäste und steuerte strahlend auf seine Frau und Magda zu. Lilly lehnte ab und machte ihn mit mürrischem Gesicht darauf aufmerksam, dass man danach unangenehm riechen würde.

»Na und?!«, lachte Phil und biss genussvoll in ein Canapé. »Das macht dir doch sonst nichts aus!«

Mit ihrem inzwischen schneeweißen Gesicht glich Lilly zunehmend einer dekorativen Porzellanpuppe.

»So machst du ihn nicht heiß«, zischte Magda ihrer völlig demoralisierten Freundin zu. »Reiß dich zusammen und sei immer schön locker, so, wie nach einer deiner Behandlungen, sonst hast du deinen Fred zum letzten Mal massiert!« Angriffslustig stieß sie ihre kleine Gabel in die asiatisch eingelegten Shrimps vor sich.

Sie ließ Lilly einfach bei Phil zurück und hielt Ausschau nach Tim, den sie bei den aufreizenden Vorführmodels ausfindig machte und der sich zu amüsieren schien. »Na, sieh mal einer an …«, ärgerte sich Magda. Sie stellte das Glas Champagner abrupt ab und kam sich plötzlich überflüssig vor.

Tim ging als Architekt in diesem Haus ein und aus. Wer weiß, was hier schon alles gelaufen war, während sie brav zu Hause die Fenster putzte und an das Gute in ihrer Ehe glaubte.

Lilly näherte sich ihr erneut.

»Dein Tim scheint Spaß zu haben mit den beiden Bohnenstangen«, zündelte sie gezielt. »Na ja, so oft hat er ja keine Möglichkeit, seinen Charme spielen zu lassen ... bei deiner Bewachung!« Sie wurde gemein, aber Magda schrieb es verzeihend ihrem unübersehbaren Frust zu.

Ohne auf Lillys Seitenhieb einzugehen, vertiefte sie sich in einen wunderschönen alten Stich von Hamburg, der über einer wertvollen Nussbaumkommode hing. Dabei spähte sie mit einem Auge vorsichtig hinüber zu ihrem Ehemann. Tim konnte begeistern, das wusste sie. Und genau das tat er jetzt. Die Mädchen hingen bewundernd an seinen Lippen und himmelten ihn mit großen Kulleraugen an. Magda versuchte, Tim mit Distanz zu betrachten, so, als wäre sie ihm heute zum ersten Mal begegnet. Ob sie sich nach so vielen gemeinsamen Jahren erneut in ihn verliebt hätte? Ja! Da war sie sich ganz sicher. Die Schmetterlinge hatten damals gute Arbeit geleistet, ihr Dasein war berechtigt. Jede von Tims Gesten war ihr vertraut, und sein unbeschwertes Lachen zeugte von guter Laune, die ihr mehr und mehr verloren ging. Er zeigte sich von seiner besten Seite und brillierte mit seinem Auftreten. Anerkennend stellte sie fest, wie gut er heute Abend aussah: dem Anlass entsprechend gekleidet, lässig plaudernd, seine grauen Schläfen ... Ein Mann in den besten Jahren, im Job gefragt und von den Frauen begehrt. Und sie? Sie kämpfte mit den ersten Anzeichen des Klimateriums, die sie im Augenblick noch zu unterdrücken versuchte. Ihr Selbstbewusstsein geriet gehörig ins Wanken, und darüber ärgerte sie sich noch mehr.

Jetzt prostete Tim den beiden jungen Damen zu, die kichernd mit ihm anstießen. Und was wäre, wenn sich hier in diesem ehrenwerten Haus des Dr. Saubermanns hinter ihrem Rücken ganz andere Sachen abspielten? Sexorgien womöglich? Unvorstellbar! Und wenn doch? Welcher Mann würde schon ein schnelles Abenteuer ohne Konsequenzen ablehnen? Und Tim war auch nur ein Mann! Sofort schämte Magda sich ihres Misstrauens und bemerkte, wie töricht sie war. Trotzdem nahm sie sich vor, wachsam zu bleiben.

Tim spürte ihren prüfenden Blick und zwinkerte ihr aufmunternd zu. Verunsichert lächelte sie zurück und wich seinem fragenden Blick aus.

Wie aus dem Boden gewachsen stand Fred plötzlich vor Magda. Er musterte sie mit eiskalten blauen Augen, die anmaßend und offensichtlich an ihrem tiefen Dekolleté haften blieben.

Dieser Scharlatan hatte ihr gerade noch gefehlt. Ihre Brüste interessierten ihn natürlich, aber die würden so bleiben, wie sie waren. Magda mochte ihn nicht, und sein aufdringliches Parfüm nahm ihr die Luft. Wahrscheinlich sahen seine Röntgenaugen auch noch, welche Farbe ihre Dessous hatten. Ekel stieg in ihr auf, und sie konnte ihren Ärger über die provozierenden Blicke kaum verbergen. Am liebsten hätte sie ihm ins Gesicht gebrüllt, dass dieses Dekolleté sowieso nur ihrem Ehemann vorbehalten blieb, und diesem aufgeblasenen Gockel eine schallende Ohrfeige verpasst. Noch lieber hätte sie ihn gefragt, wo seine Ehefrau heute Abend abgeblieben war. Wahrscheinlich wären ihm in diesem Moment die schwammigen Gesichtszüge entgleist, und das überhebliche Lachen wäre ihm vergangen. Aber dann dachte Magda an Tim. Möglicherweise hatte Fred ihm ein Geheimnis anvertraut, das sie, einer Schwatzbase gleich, ausposaunt hätte.

»Gefällt Ihnen etwas nicht an mir, Herr Dr. Meinradt?«, fragte sie herausfordernd.

Fred schaute sie verwundert an.

»Wie kommen Sie darauf, gnädige Frau? An Ihnen ist alles perfekt, Sie haben einen ausgesprochen schönen *Winterbody*, der durch Ihr Kleid blendend betont wird.«

Magda zuckte leicht zusammen, reagierte aber gelassen.

»Und was, bitte schön, ist ein *Winterbody*? Ein Hamster, der sich ein dickes Fell angefuttert hat?« Sie ärgerte sich sofort über ihre unnötige Frage, mit der sie ganz offensichtlich den Eindruck vermittelte, auf sein blödsinniges Geplänkel eingehen zu wollen.

Er holte zur Erklärung aus: »Magda … Ich darf doch Magda sagen, nicht wahr?«, schmeichelte er und schien dabei keineswegs auf eine Antwort zu warten, was Magda noch mehr auf die Palme brachte.

»Ich bin etwas altmodisch in diesen Dingen, Herr Dr. Meinradt«, unterbrach sie ihn und wies ihn in die Schranken. »Das *Du* muss man sich erst verdienen, dann respektiert man es mehr.«

Auf diese Antwort war Fred nicht vorbereitet. Er rang kurz nach Fassung, denn von ihm geduzt zu werden, war etwas ganz Besonderes, eine Auszeichnung in seinen Augen, die nicht jeder erhielt.

Magda genoss seine Sprachlosigkeit und fuhr nun etwas mutiger fort: »Übrigens, mein Mann und ich, wir mögen unsere *Winterbodys*.« Mit einem versonnenen Blick auf die wild flackernden Kerzen im Leuchter sprach sie mehr zu sich selbst: »Sie sind warm, weich und vertraut. Ich bezweifele, dass Sie wissen, was ich meine.«

Fred schaute sie zuerst überrascht, dann amüsiert und durchdringend an, was sie nicht zu deuten wusste.

»Aber ein Glas Champagner darf ich Ihnen doch bringen?«, schleimte er erneut.

»Danke, aber ich trinke dieses edle Getränk nur mit meinem Ehemann, ein kleiner Spleen von mir!«

Sie drehte sich abrupt um und prallte frontal mit Tim zusammen. Die beiden Gläser feinperligen Rosé-Champagners in seinen Händen ergossen sich sofort in ihren Ausschnitt. Mit einem jovialen Lächeln wandte sich Fred anderen Gästen zu.

»Magda, Liebes, es tut mir leid«, entschuldigte sich Tim. Lilly eilte herbei, um ihr zu helfen. Sie fühlte sich von Fred vernachlässigt und warf ihm einen vernichtenden Blick zu, dem er lächelnd standhielt. Vergebens hatte sie immer wieder versucht, sich von Phil zu lösen, um Fred die Möglichkeit zu geben, ihr ein paar zärtliche Worte ins Ohr zu flüstern.

Während Lilly und Magda Hals über Kopf das Badezimmer im Obergeschoss aufsuchten, machte Fred seinem Architekten ein großes Kompliment: »Du hast eine bemerkenswerte und kluge Frau, Tim, gratuliere! Sie ist zwar etwas eigenwillig, aber bezaubernd!«

Tim nickte verlegen und schaute den beiden Frauen irritiert nach. Es überraschte ihn, dass Lilly und Magda nicht nach der Gästetoilette gefragt hatten, sondern gezielt den Weg zu den Privaträumen im Obergeschoss nahmen. Magda stolperte hinter ihrer Freundin her und bemühte sich, mit einer Serviette den Schaden in Grenzen zu halten.

»Wie macht sich eigentlich Champagner auf einem Silikonbusen?«, rätselte Magda laut und dachte dabei an Freds aufgehübschte Girlies.

Lilly schaute nur verbissen, obwohl sie sich unter normalen Umständen darüber kaputtgelacht hätte.

»Was redet ihr denn so lange, du und Fred?«, forderte sie ihre Freundin mit funkelnden Augen heraus.

»Wir hatten einen Dirty Talk, sehr amüsant. Dein Fred ist ein Schmuddeldoktor. Ich könnte mit dir um zwölf Massagen umsonst wetten, dass es ein Leichtes wäre, ihn sofort zu vernaschen. Nur leider ist er nicht mein Typ!«

Lilly schaute, als hätte sie den Teufel leibhaftig vor sich, machte auf dem Absatz kehrt und ließ Magda einfach stehen. Der Versuch, Lilly davon zu überzeugen, dass es diesem Schwachkopf nur um eine lockere Affäre ging und er an ihr überhaupt nicht interessiert war, wäre sowieso fehlgeschlagen.

Wutschnaubend drehte sich Lilly noch einmal um. »Magda, nicht jeder, der dir mal etwas Nettes sagt, will gleich etwas von dir. Aber mit schönen Worten wirst du ja bei Tim sowieso nicht verwöhnt!«

Magda spürte Lillys rasende Eifersucht und nahm diese Boshaftigkeit gelassen hin.

»Ich weiß sehr gut zwischen einem ehrlichen Kompliment und einer billigen Anmache zu unterscheiden, und billig war dieser Versuch allemal!«

Lilly rauschte wie eine beleidigte Diva davon und ließ Magda auf dem höchst privaten Örtchen des Herrn Dr. Meinradt zurück.

Endlich begann die große Begrüßungsansprache des Hausherrn, und sofort wurde es ganz still.

Fotografen und Journalisten rangen um die eindrucksvollsten Fotos mit Fred und dessen gut betuchten und mit reichlich Schmuck überladenen, älteren Patientinnen. Am liebsten ließ er sich jedoch mit offenherzigen, jungen Damen ablichten.

»Gleich wächst ihm ein Heiligenschein«, flüsterte Magda leise in Tims Ohr. »Ein Lorbeerkranz auf seinem schütteren Haupthaar würde ihm sicher auch gut zu Gesicht stehen!«

Tim wurde sauer: »Magda, das geht zu weit. Unterlasse bitte in dieser Gesellschaft deinen Zynismus, sonst haben wir beide heute noch mächtigen Ärger!«

Sie zuckte gleichgültig mit ihren Schultern, denn sie ahnte, dass der Ärger sowieso schon vorprogrammiert war. Als sie sich nach Lilly umschaute, sah sie, dass diese wie eine schnurrende Katze um ihren Angebeteten herumschlich. Magda ahnte, wie gerne sie mit ihm fotografiert worden wäre. In diesem Moment klatschte Fred jedoch aufgeräumt in die Hände, und mit einem »Danke an die Presse, aber nun ist es genug« ließ er die Journalisten zurück.

Magda dachte daran, wie einstudiert sein Lachen wirkte. Seine großen, blendend weißen Zähne erinnerten an einen frisch geweißelten Lattenzaun. Sie hatte Mühe, Freds Worten zu folgen, denn sie interessierte sich vielmehr für die Gäste, vor allen Dingen für die weiblichen. Magda gewann mehr und mehr den Eindruck, dass alle Anwesenden gleich aussahen, makellos schön und faltenfrei. Oder hatte sie zu viel Champagner getrunken?

Langsam hatte sie die Nase voll von diesem Gruselkabinett. Am liebsten wäre sie nach Hause gefahren, ob mit oder ohne Tim, aber egal wie, ganz bestimmt mit einem Donnerwetter von ihm.

Fred sülzte gerade über seinen brillanten Architekten und lobte dessen ausgezeichnetes Team, als Magda schlagartig nüchtern wurde und ihren Ohren nicht traute: »... denn mein Haus auf Gotland soll ein Schmuckstück werden, genauso wie dieses hier eines geworden ist!«

Bildete sie es sich nur ein oder sah Fred sie bei diesem Satz triumphierend an? In seinem Blick lag Genugtuung, so als wollte er sagen: »Sieh zu, mit wem du ab jetzt Champagner trinkst!« Das hinterhältige Lächeln von vorhin ... Nun wusste sie es zu deuten. Mit diesem Überfall hatte sie nicht gerechnet. Bisher waren Tim und sie nie länger als zwei Tage voneinander getrennt gewesen. Warum hatte er ihr das verheimlicht? Sie schaute ihn fragend an, konnte in seinem Gesicht jedoch keine Antwort lesen, denn auch er schien mehr als überrascht zu sein.

Lillys Gesichtszüge entgleisten vollends.

Garantiert wusste sie nichts von einem Haus auf Gotland, und wahrscheinlich hatte sie nicht einmal eine vage Vorstellung davon, wo dieser seltsame Ort lag und schon gar nicht, in welchem Land. Und Fred? Warum sollte er ihr das auf die Nase binden? Nein, Lilly ginge das ganz und gar nichts an!

Magda fiel Freds Frau wieder ein, die an diesem Abend nicht anwesend war und wahrscheinlich, so hoffte sie, wie ihr Göttergatte unzählige Seitensprünge hatte. Dieser Mann gehörte nach Strich und Faden betrogen.

Sie fragte sich, warum Frau Dr. Meinradt an so einem wichtigen Tag nicht an Freds Seite war, und ärgerte sich, dass sie keinen Menschen dazu befragen konnte.

Nicht einmal mit Tim konnte sie darüber reden, das würde Ärger geben, und ihr erneutes Interesse an Freds Frau würde ihn nerven oder gar hellhörig machen. Führte Fred etwas mit Tim im Schilde? Musste sie sich Sorgen machen? Nein, diesem miesen Charakter durfte sie keine Angriffsfläche bieten! Magda atmete tief durch, setzte ihr bezauberndstes Lächeln auf und freute sich mit ihrem Mann über den neuen Auftrag in Schweden. Inzwischen setzte frenetischer Beifall ein, als hätte Cäsar soeben höchstpersönlich zu seinen Anhängern gesprochen. Voller Ehrfurcht hielten die Gäste Fred ihre Gläser entgegen, der seinerseits das Glas auf Tim und Magda erhob.

»Ich gehe nur nach Gotland, wenn du auch mitkommst«, flüsterte Tim Magda leise ins Ohr und legte vor allen Gästen beschützend seinen Arm um ihre Schulter. Diese seltene Zärtlichkeitsgeste in diesem erlesenen Kreis tat ihr gut, und sie atmete erleichtert auf.

Eine für den Abend engagierte Lifeband beendete Freds Selbstdarstellung und sorgte endlich für Abwechslung.

Lilly hoffte, Fred würde sie zum ersten Tanz auffordern, aber er bevorzugte eine ältere Dame, die mit geschlossenen Augen ihren üppigen Körper an ihren Herrn Doktor schmiegte und sich geschmeichelt fühlte.

Danach erklang ein Walzer, und Fred bat ausgerechnet Magda um einen Tanz, fragte zuvor aber höflich Tim, ob er es gestattete.

Tim erwiderte erleichtert: »Nur zu, ich bin nämlich kein großer Tänzer!«

Magda warf ihrem Mann einen wütenden Blick zu. Am liebsten wäre sie im Erdboden versunken, schon wegen Lilly, die ihren Zorn kaum noch unter Kontrolle hatte und das Tanzpaar mit eifersüchtiger Miene musterte.

»Sie sind eine wunderbare Tänzerin, Magda!« Fred drückte Magda so fest an seinen Körper, dass ihr die Luft wegblieb. Sein Lächeln glich dem eines Buddhas, und der unausstehliche Herrenduft, der sich inzwischen mit seinem Körperschweiß vereint hatte, holte sie erneut ein. Hätte sie den Tanz doch nur abgelehnt. Aber das wäre taktlos gewesen. Sie musste die Rolle der gut erzogenen Ehefrau an der Seite ihres prominenten Ehemanns erfüllen. Sie tanzte wie auf Stelzen und war froh, als Fred sie endlich mit einem albernen Handkuss freigab.

Entschuldigend schaute sie zu Lilly, die auffällig mit einem jungen Mann flirtete, wahrscheinlich, um Fred eifersüchtig zu machen, der sich jedoch keineswegs für ihren provokanten Auftritt interessierte. Fred schenkte Lilly und Phil dieselbe Aufmerksamkeit wie jedem anderen Gast auch: hier ein freundlicher Gruß, dort ein Small Talk. Immer wieder übertönte jedoch sein selbstgefälliges Lachen die Partystimmung. Magda ahnte, wie gerne Lilly hier die First Lady gespielt hätte, doch das war aussichtslos. An diesem Abend wurde ihr klar, dass es nur eine Frage der Zeit war, bis Fred ihre Freundin abservieren würde.

Weit nach Mitternacht verabschiedete der Hausherr seine Gäste mit übertrieben innigen Umarmungen, denen sich auch Magda leider nicht entziehen konnte. Nur Lilly verweigerte ihm diese Geste mit eiskalter Miene. Was hatte sie erwartet? Dass er sie als neue Lebensgefährtin vorstellen würde? So blind konnte sie doch gar nicht sein, schließlich war sie mit ihrem Ehemann erschienen! Magda war heilfroh, dass dieser Abend ohne peinlichen Fauxpas ihrer Freundin zu Ende gegangen war.

Gemeinsam stiegen sie in ein Taxi. Magda, Tim und Lilly saßen im Fond, während Phil sich angeregt mit dem Fahrer unterhielt und die tolle Party samt Gastgeber in den höchsten Tönen lobte.

Magda beobachtete traurig ihre Lilly und sah, wie heimliche Tränen über ihr Gesicht rannen. Ob Schmetterlinge wohl auch weinen konnten? Warum war es nur so schwer, sich der Faszination dieser lebhaften Flügelschwinger zu entziehen? Ihre Taktik bestand darin, einen Menschen überraschend anzugreifen, sich in seinen Bauch einzunisten, zu kribbeln und zu krabbeln, mächtig Rabatz zu machen, um sich dann klammheimlich wieder davonzustehlen.

Magda drückte die Hand ihrer Freundin, um sie zu trösten, und Lilly nahm die kleine Aufmerksamkeit dankbar an. Magda ahnte, was Lilly bewegte. Heute Abend hatte sie erkannt, dass sie nicht der wichtigste Mensch im Leben von Fred Meinradt war, und diese traurige Erkenntnis nagte an ihrem Herzen.

»Hut ab, Tim! Gratulation! Mit diesem Haus ist dir wieder etwas ganz Außergewöhnliches gelungen. Das spricht sich bestimmt schnell herum«, bemerkte Phil anerkennend und bekräftigte das Lob mit einem freundschaftlichen Klaps auf die Schulter seines Freundes.

Tim nahm das ehrliche Kompliment mit Stolz an und war plötzlich nicht mehr zu bremsen. Aufgekratzt schlug er vor, dieses Erfolgserlebnis noch mit einem gemeinsamen Drink im Penthouse zu feiern. Lilly lehnte die Einladung allerdings rigoros ab. Sie wollte nur noch nach Hause, weil ihr schlecht war.

»Du hast das kostbarste Getränk der Welt aber auch heruntergekippt wie Wasser«, maßregelte Phil seine Frau, die ihn für diesen Vorwurf hasserfüllt ansah.

Wenn Lilly etwas nicht leiden konnte, dann war es, vor ihren Freunden kritisiert zu werden. Magda wusste um die Gedanken ihrer Freundin und betete heimlich, Lilly würde sich zusammennehmen und die Nerven nicht vollends verlieren. Der Abend nahm kein schönes Ende.

Während Phil verärgert den Kopf schüttelte, schob Magda ihre Freundin sanft zur Seite und streichelte beruhigend über ihren Rücken.

Lilly flüsterte leise: »Ich möchte frei sein, frei für Fred!«

»Bitte, Lilly, nicht jetzt. Es ist schon spät, schlaf dich aus, alles wird gut!«

Zum Glück beruhigte sich Lilly nach Magdas sanftem Zuspruch, drängte aber nochmals darauf, nach Hause zu wollen.

7

Während der Lift Magda und Tim leise summend direkt in ihre Wohnung brachte, fragte Tim neugierig: »Was ist eigentlich mit Lilly los? Sie hat sich heute auffallend affig benommen. Und woher weiß sie, wo Freds private Räume sind? Kannst du dir einen Reim darauf machen?«

Magda suchte fieberhaft nach einer passenden Antwort und begann zu stottern: »Wahrscheinlich ... ähm ... hat sie ihm als Privatpatient ein paar Massagen in seinem Haus gegeben. Das kommt doch vor, oder?«

»Das glaube ich nicht! Garantiert hätte Lilly dir sofort erzählt, dass sie bereits in Freds neuem Haus war.« Und nachdrücklich wiederholte er ihr belangloses: »Oder?«

»Er geht mit Lilly ins Bett«, platzte es aus Magda heraus. Zu viel hatte sich an diesem Abend in ihr angestaut, »und das schon seit geraumer Zeit!«, fügte sie hinzu.

Magda fühlte sich erleichtert. Als sie Tims Gesicht sah, wusste sie aber, dass sie mit dieser Wahrheit eine nächtliche Diskussion ausgelöst hatte.

Er stand wie angewurzelt und mit offenem Munde da und suchte nach Worten: »Was? Unsere Lilly?«

»Ja, kennst du noch eine andere Lilly?« Magda war schockiert darüber, dass sie gerade ihre beste Freundin verraten hatte.

»Und wie lange geht das schon?«, fragte Tim, noch immer nach Fassung ringend.

Magda konnte ihre Tränen nicht mehr zurückhalten. »Seitdem er sich den Nerv eingeklemmt hatte und du ihn zu Lilly geschickt hast!«

Tims Gesicht verfinsterte sich, doch langsam fand er seine Fassung wieder: »Das liegt ja schon Wochen zurück! Und du unterstützt sie auch noch dabei? Was für ein hinterhältiges Spiel treibt ihr hinter Phils Rücken?«

Sie wurde laut: »Nein, nein, so ist das nicht!«, beteuerte sie. »Was denkst du von mir? Ich bin mit meinen Nerven am Ende!« Sie schluchzte und versuchte, ihren Mann zu umarmen, aber Tim schob sie kopfschüttelnd von sich weg.

»Ich brauche erst einmal einen Drink, Magda, und dann überlegen wir, was wir dagegen unternehmen können.« Seine Stimme klang versöhnlich, und Magda beruhigte sich.

»Tim, wir können nichts dagegen tun. Lilly ist so verliebt, dass sie nichts in der Welt davon abhalten wird, dieses Verhältnis fortzusetzen«, versuchte sie zu erklären.

»Fred ist verheiratet, das habe ich dir gesagt. Und seine Frau kommt morgen früh mit der ersten Maschine zu ihm. Sie hatte heute lediglich das Flugzeug in Visby verpasst und nicht sofort ein Ticket für die späte Maschine bekommen. Ich denke, unsere Freundin Lilly wird aus allen Wolken fallen, sobald sie von Freds Ehe erfährt, und das wird hoffentlich bald geschehen.«

Magda bemerkte den schadenfrohen Ton in Tims Worten, und sie ärgerte sich, dass sie Lilly nichts von Freds Ehefrau erzählt hatte.

»Ich werde mit Phil reden, er ahnt schon lange etwas. Glaubt Lilly etwa, dass ihm die teuren Dessous nicht aufgefallen wären? Ständig findet er edle Designertüten, und jede Woche muss sie dringend zum Friseur. Das spricht doch Bände!« Er schaute Magda skeptisch an, als hätte sie Ähnliches zu verbergen, und fuhr dann fort: »Außerdem ist sie ständig nicht erreichbar. Phil vertraut seiner Frau, aber blöd ist er deswegen noch lange nicht. So eine Schweinerei ...«

Magda war entsetzt. Wie konnte Lilly bloß so eklatante Fehler machen? Laufend neue teure Unterwäsche ... Und wofür? Dafür, dass Fred ihr diese sinnlosen Ausgaben ruckzuck und ohne zu überlegen vom Leibe riss?

Sie begann, Lilly in Schutz zu nehmen: »Vielleicht hat sie etwas gesucht, das sie bei Phil nicht findet. Oder es ist wirklich nur ein bisschen Bestätigungssex. Schließlich sind wir beide schon knapp über fünfzig!«

Tim schaute nachdenklich, und seine Zornesfalte glättete sich etwas. »Männer reden eben nicht gerne und nur höchst selten über Liebespraktiken, Magda. Ihr Frauen seid da einfach anders gepolt!«

Magda erwiderte zornig: »Tatsächlich?! Nach dem fünften Bier könnt ihr allerdings ziemlich anzügliche Witze darüber machen. Das ist dann also eure Sexualität, damit wertet ihr euch auf.«

»Was zum Teufel noch mal ist denn in dich gefahren? Meine eigene Frau hält mir eine absurde Standpauke wegen ihrer ehebrechenden Freundin!« Er schenkte einen zweiten Cognac ein und reichte Magda das Glas mit einem strafenden Blick. Schuldbewusst senkte diese den Kopf.

»Bitte, Tim, lass Phil aus dem Spiel. Es wird sich bestimmt alles von ganz alleine lösen. Gegen Liebe ist nun mal kein Kraut gewachsen!«

»Von alleine lösen«, äffte er sie nach. »Das darf doch nicht wahr sein! So was nennt ihr Liebe? Das ist dermaßen scheinheilig! Ich gehe jetzt ins Bett, und zwar ohne Liebe! Wir hatten einen wirklich schönen Abend, und jetzt erlebe ich diese Zirkusnummer. Darf man sich denn über nichts mehr freuen?«

Magda hörte noch Wortfetzen, als Tim wütend davonstapfte: »… erwachsene Frauen … Das ist ja lachhaft … So sieht also das Klimakterium aus, gut zu wissen!« Dann fiel die Badezimmertür mit einem lauten Knall ins Schloss.

Mit einem Zug trank sie das Glas edlen Cognacs leer. Er war für diesen Anlass viel zu schade, benutzt und nicht genossen zu werden.

»Du tust ja gerade so, als hätte ich dich betrogen. Wieso strafst du mich so ungehörig ab? Nimm deinen Bauherrn, diesen Clown, ins Gebet. Der spielt nämlich keine unbedeutende Rolle in dieser Zirkusnummer, schließlich gehören immer zwei dazu!«, schrie Magda aufgebracht durch die Tür, die jedoch verschlossen blieb.

Nun war letztendlich doch sie die Dumme in diesem Spiel. Sie hatte Krach mit ihrem Mann, und womöglich konnte sie die Freundschaft zu Lilly und Phil nun auch begraben. Hätte sie doch bloß nichts gesagt!

Würde Tim seinem Freund wirklich alles erzählen?

Nein, so herzlos war er nicht. Trotzdem war es ratsam, gleich morgen früh, sobald Tim das Haus verlassen hat, Lilly zu warnen und ihr von dem schrecklichen Streit mit Tim zu berichten. Das war sie ihr schuldig, selbst wenn Lilly es nicht verdient hatte.

Immerhin war Magda erst durch sie in diese missliche Lage geraten.

Zaghaft wagte sie einen erneuten Versuch an der ver-
schlossenen Tür: »Tim, bitte, ich werde mit Lilly reden
und versuchen, sie umzustimmen, ich verspreche es dir.
Bitte verrate Phil nichts! Besser wäre es, du würdest vielleicht mit Fred reden und …«

Tim trat kreidebleich aus dem Bad und starrte sie ungläubig an.

»Ich soll meinem Bauherrn eine Moralpredigt halten?
Wie stellst du dir das in deiner grenzenlosen Naivität vor?«

Magda schmetterte wütend den kostbaren Cognac-
Schwenker auf den Boden und rannte aufgelöst ins Schlafzimmer.

8

Als Gerda wie jeden Mittag, bevor sie das Haus des Herrn Dr. Meinradt verließ, noch schnell die Post aus seinem Briefkasten holte, fiel ihr ein großer, brauner Umschlag auf. Sie schnüffelte daran, wiegte ihn andächtig hin und her und legte ihn zunächst beiseite. Als langjährige Haushälterin nahm sie sich das Recht heraus, die Briefe flüchtig durchzusehen, sie von unnötiger Werbung zu trennen, um sie dann mit Sorgfalt und selbstverständlich ungeöffnet ihrem Herrn Doktor auf den edlen Mahagonischreibtisch zu legen. Neugierig hielt sie das schmuddelig und unheilvoll wirkende Kuvert, welches keinen Absender trug und deshalb ihrer Meinung nach unseriös war, gegen das Licht. Für unangenehme Postsendungen hatte sie in den vielen Jahren ihrer Arbeit bei Herrn Dr. Meinradt ein Gespür entwickelt. Mit sorgfältiger Hand pflegte sie bereits im zwölften Jahr den Haushalt des Schönheitschirurgen, den sie heimlich, aber hoffnungslos verehrte.

Alles, was ihr nicht behagte, hielt sie zuerst einmal fern von ihm, um dann diplomatisch den richtigen Moment abzupassen, undurchsichtige Dinge gemeinsam mit ihm anzugehen. In ihren Augen war dies ein äußerst kluges Vorgehen, daher würde sie das Gleiche auch heute mit dem merkwürdigen, braunen Kuvert tun. Demnach musste sie noch eine halbe Stunde warten, bis ihr Chef nach Hause kam.

Gerda ärgerte sich unsäglich, dass sie nicht zur Hauseinweihung am vergangenen Abend eingeladen worden war; schließlich war sie eine unentbehrliche, wenn nicht sogar die wichtigste Person im Hause des berühmten Schönheitsdoktors. Sie gehörte nicht zur Schickeria, das wurde ihr regelmäßig klar vor Augen geführt, aber anstandshalber hätte Herr Doktor sie einladen müssen.

Doch was war schon Anstand bei den Reichen und Schönen? Den ganzen Vormittag lang hatte sie mit Fanny die neue Villa von den Auswüchsen des rauschenden Festes gesäubert. Fanny, ihre Freundin, half ihr nach großen Events stets beim Aufräumen und Putzen und verdiente sich damit ein Zusatzgeld. Sie war es auch, die es sich nicht nehmen ließ, die kläglichen Reste aus den Champagnerflaschen, die müde in Kübeln und abgestandenem Eiswasser vor sich hindümpelten, in zwei frisch polierte Kristallkelche zu füllen, um mit Gerda anzustoßen und herauszufinden, was die High Society so gerne trank. Einvernehmlich stellten sie fest, dass sie diesem Getränk nichts Besonderes abgewinnen konnten und sie lieber bei einem gut gekühlten Bier und ab und zu einem kleinen Schnäpschen bleiben würden.

Die gnädige Frau hatte gestern Abend das Flugzeug verpasst und war erst heute Morgen mit dem ersten Flieger angereist. Als ihr Taxi vorfuhr, waren die Nachwehen der rauschenden Ballnacht glücklicherweise fast gänzlich beseitigt und das Haus schon vom Gröbsten gereinigt. Nach einer herzlichen Begrüßung hatte sie sich sofort hingelegt, um auszuschlafen.

»Hallo, meine Damen«, begrüßte Fred gut gelaunt seine zwei *Perlen*, als er gegen Mittag das Foyer seines Hauses betrat. Er drückte Gerda seine schwere Aktentasche in die Hand und warf seinen Mantel gezielt über den in dem großzügig angelegten Entree stehenden messingfarbenen Garderobenständer.

Fanny zog es vor, sich sofort zu verabschieden. Sie war nicht darauf gefasst gewesen, Dr. Meinradt noch anzutreffen, der etwas früher als sonst auf der Bildfläche erschienen war und der ihr immer etwas unheimlich vorkam. Wahrscheinlich lag das an seinem geheimnisvollen Ruf als Schönheitschirurg.

»Gerda wird mit Ihnen abrechnen, Fanny, und danke für die schnelle und gute Arbeit heute Vormittag!«

»Ist er nicht ein liebenswürdiger Mensch, mein Herr Doktor?«, flüsterte Gerda und nickte Fanny, die nervös am Reißverschluss ihrer Jacke herumnestelte, verklärt zu.

Mit einem verlegenen *Auf Wiedersehen* ließ sie ihre Freundin und den Herrn Doktor zurück.

Gerda konnte den großen Schritten ihres Chefs, der auf direktem Weg sein Arbeitszimmer aufsuchte, kaum folgen und beeilte sich vergebens, ihm die Tür zu öffnen.

»Gerda, ist meine Frau schon wach?«

»Ja, Herr Doktor, sie sitzt im Salon und …«

»Gerda, das ist kein Salon wie früher. Das ist ein normales Wohnzimmer, auch wenn es mehr als hundert Quadratmeter groß ist«, machte er ihr freundlich klar und fragte im selben Atemzug: »Ist das die ganze Post? Dann bin ich ja heute schnell fertig«, stellte er zufrieden fest.

Vorsichtig zog sie das braune Kuvert unter all den anderen Umschlägen hervor und setzte eine ernste Miene auf.

»Der ist mir nicht ganz geheuer, Herr Doktor!«

»Na, dann lüften wir mal das Geheimnis«, grinste er breit und schlitzte mit einem edlen Brieföffner den Umschlag auf. Sein Grinsen wurde noch breiter, nachdem er den Inhalt gesichtet hatte.

»Nichts Beunruhigendes, Gerda. Kein Grund zur Sorge.« Sie versuchte, Haltung zu wahren, hätte aber zu gerne gewusst, was in dem ominösen Kuvert versteckt war.

»Sie können gehen, Gerda, und danke für Ihre Hilfe. Wenn ich Sie nicht hätte …«, lobte er sie.

Gerda tat bescheiden, und aufgeräumt fuhr er fort: »Es war übrigens ein tolles Fest!«

»Jawohl, Herr Doktor. Sämtliche Zeitungen berichten über Sie und …«, sie räusperte sich, »… die schönen Damen!«, beendete sie den Satz. Sie versuchte, ihrem Chef das Neueste aus den Zeitungen zu berichten, um Zeit zu gewinnen und doch noch einen Blick auf die beiseitegelegte und höchst interessante Post erhaschen zu können.

»Ich weiß, Gerda. Die Zeitungen habe ich bereits durchgesehen. Nehmen Sie sich doch bitte noch einen großen Blumenstrauß mit. Das ganze Haus riecht mehr nach Friedhof als nach einer rauschenden Ballnacht. Das ist mir zu viel!«

Gerda machte einen Knicks und ärgerte sich sofort darüber, da Herr Doktor dieses Dienstmädchengehabe aus früheren Jahrhunderten strikt ablehnte.

An der Tür drehte sie sich noch einmal um und stotterte verlegen: »Ein Glas – leider von den ganz teuren – ist mir heruntergefallen. Es tut mir furchtbar leid, ich werde es Ihnen …«

»Nicht nötig, Gerda, so etwas passiert eben. Scherben bringen Glück«, beruhigte er sie.

»Nicht immer«, murmelte sie vor sich hin. Im Hinausgehen schielte sie noch einmal auf den Schreibtisch und sah, dass Herr Dr. Meinradt den geheimnisvollen Brief, der offensichtlich aus zwei Seiten bestand, mehrfach durchriss, die einzelnen Schnipsel zu einem kleinen Ball formte und diesen mit spitzen Fingern leichtsinnig in den Papierkorb warf. Fabelhaft, denn diesen Papierkorb würde sie morgen früh höchstpersönlich leeren … Triumphierend verließ sie das Haus und nahm sich vor, in aller Frühe des nächsten Tages zunächst das Büro zu reinigen und erst anschließend die Küche aufzuräumen.

9

»Magda, können wir uns treffen? Es geht um Lilly. Sie ist ausgezogen, besser gesagt, umgezogen. Vorerst wohnt sie unten in der kleinen Gästewohnung im Haus. Sie ist verliebt, aber leider nicht in mich.«

Phil versuchte, am Telefon Galgenhumor zu zeigen.

Magda zitterte am ganzen Leib. So unverhofft und urplötzlich kam der große Knall. Sie wusste, diesem Gespräch konnte sie sich nicht entziehen, das wäre unfair.

»Natürlich, Phil, jederzeit!«

Magda gab sich souverän, dabei steckten ihr der vergangene Abend und der Streit mit Tim noch in den Knochen. Verheult und übernächtigt sah sie aus, und Tim hatte heute Morgen nur eine flüchtige Verabschiedung auf den Lippen, was sie noch mehr kränkte. Tapfer nahm sie die Herausforderung an: Keine Lügen mehr!

»Lass uns ungestört an einem neutralen Ort reden. Du könntest mich in der Kanzlei abholen, geht das?«, bat Phil. Dabei hatte seine Stimme einen merkwürdig brüchigen Klang.

Sie versuchte, locker zu bleiben.

»Gib mir eine halbe Stunde, dann bin ich bei dir.«

Anscheinend hatte Tim an diesem Morgen doch nicht mit Phil gesprochen. Magda atmete erleichtert auf. Demnach wusste Phil noch nicht, wer der ominöse Unbekannte war, mit dem ihn seine Frau betrog, und das war gut so, denn die Situation hatte sich offenbar ohne das Zutun von ihr und Tim geklärt.

Sie beschloss, Tim eine kurze SMS zu schicken, falls er sie vermissen würde, was sie nach dem Zoff vom Vorabend bezweifelte: »Phil weiß Bescheid. Treffe mich in einer halben Stunde mit ihm. Kuss, Magda!« Sie überflog noch einmal die Mitteilung und löschte entschlossen den *Kuss*, den Tim ihr heute Morgen ebenfalls versagt hatte.

In aller Eile legte sie ein flüchtiges Make-up auf, zog ihren Jeansanzug an und schlüpfte in ihre Ballerinas. Ein Gummiband hielt ihren Pferdeschwanz zusammen. Der schnelle, prüfende Blick in den Garderobenspiegel bestätigte ihr fades Aussehen nach dieser grässlichen Nacht, die Tim auf der Couch im Wohnzimmer verbracht hatte.

Eine halbe Stunde später lenkte sie ihren Mini ins Stadtzentrum. Sie fuhr unkonzentriert und nahm einem Fahrradfahrer fast die Vorfahrt. Er geriet ins Straucheln, fing sich zum Glück wieder und zeigte ihr erzürnt einen Vogel, was sie in dieser Schrecksituation noch schmeichelnd fand. Denn ihre Unachtsamkeit hätte schlimmer ausgehen können.

Phil wartete bereits an der großen gläsernen Ausgangstür des Bürohauses und unterhielt sich angeregt mit einer attraktiven, blonden Frau, von der er sich jetzt, als er Magda kommen sah, mit einer flüchtigen Umarmung verabschiedete.

»Barbiepuppe«, urteilte Magda blitzschnell. Während Phil mit energischen Schritten auf Magda zusteuerte, schaute ihm die junge Dame mit dem gut sitzenden, knallroten Kostüm und der schwarzen Spitzenbluse unverhohlen nach. Sie bemerkte dabei nicht, dass Magda sie genau unter die Lupe nahm und sie heimlich um ihre roten High Heels beneidete, die ihr strenges Outfit perfekt ergänzten.

Als Phil die Beifahrertür öffnete, warf er noch einmal einen Blick zurück, doch die junge Dame war bereits durch die Drehtür im Inneren des Gebäudes verschwunden.

Neugierig fragte Magda: »Wer war denn diese unerhört gut aussehende Frau?«

»Ich habe mir vor vier Wochen Verstärkung geholt. Hat Lilly dir das nicht erzählt? Marion ist nicht nur äußerst attraktiv, sondern auch kompetent und vor allen Dingen knallhart«, entgegnete er mit ernster Miene. »Das ist wichtig in unserem Job!«

»Ach, Phil, so knallhart bist du doch gar nicht«, stellte Magda liebevoll fest und umarmte ihn herzlich.

Kaum saß er im Auto, stellte er ihr die Frage, die sie am meisten gefürchtet hatte: »Kennst du ihren neuen Lover?«

Obwohl Magda wusste, dass diese Frage auf sie zukommen würde, erschrak sie und suchte nach den einstudierten Worten, die ihr ausgerechnet jetzt entfallen waren.

Ungeachtet ihrer Sprachlosigkeit redete er weiter: »Was habe ich falsch gemacht, Magda? Sag du es mir, ehrlich, als Frau und als Lillys beste Freundin!«

»Du hast nichts falsch gemacht, gar nichts. Weißt du … Wir sind beide in den Wechseljahren und … unsere Hormone spielen verrückt.« Behutsam versuchte sie, sich selbst in diese prekäre Situation mit einzubeziehen, wusste aber im selben Moment, dass sie groben Unsinn faselte, und fühlte sich, als würde sie einem Pennäler Sexualkunde erteilen.

»Sie kommt wieder zur Besinnung, Phil, ganz bestimmt«, versuchte sie, ihn aufzurichten.

Er sah sie ratlos an und rang verzweifelt nach Worten, sein Gesicht verriet Skepsis.

Magda war froh, sofort einen Parkplatz auf dem *Stephansplatz* gefunden zu haben, und versuchte, beim Einparken möglichst viel Zeit zu gewinnen, um ihre durcheinandergeratenen Gedanken zu ordnen. Gott sei Dank war das Café *Zeitlos* schon geöffnet, und sie nahmen direkt an der kleinen Bar Platz. Der Chef war bereits mit Vorbereitungen für den Mittagstisch beschäftigt, und so hatten sie keine Zuhörer bei diesem brisanten Thema.

Doch kaum hatten sie Platz genommen, fragte Phil noch einmal: »Wer ist es? Kennst du ihn? Hast du ... wisst ihr, Tim und du, das schon lange?«

»Nein, Tim weiß es erst seit gestern Abend, und wir hatten einen furchtbaren Streit deswegen. Aber ich, ich weiß es schon länger, doch ich konnte es nicht verhindern. Bitte, glaube mir, ich habe versucht, sie davon abzuhalten, leider vergebens.«

»Danke, Magda ...« Er lächelte ihr gequält zu.

Traurigkeit erfüllte sie. Da saß er nun, der beste Mann der Welt, den ihre undankbare Freundin kriegen konnte, und Magda konnte weder ihm noch ihr, ja nicht mal sich selbst helfen.

Phil sprach wie in Trance, über Ehescheidungen, die ihn ankotzten, und über Auseinandersetzungen bei Gericht. Sogar Schlägereien erwähnte er. Schlägereien, bei denen Frauen vor Wut so ausrasteten und auf ihre Männer einschlugen, dass sie zum Schluss nur noch den Bügel ihrer Handtasche in den Händen hielten.

»Also … ich werde sie ziehen lassen, ich sehe keine andere Möglichkeit«, stammelte er resignierend. »Anscheinend läuft das ja schon länger.«

»Nein, Phil, gib ihr Zeit. Überstürze nichts, sondern warte ab«, tröstete Magda ihn erneut und wusste selbst nicht, worauf er eigentlich warten sollte. Auf ein Wunder? Eine innere Stimme warnte sie davor, etwas auszuplaudern, doch es war zu spät: »Es ist Dr. Meinradt, der Bauherr von Tim. Doch er ist selbst verheiratet und wird sich ganz bestimmt nicht wegen Lilly scheiden lassen.«

Magda ließ die Katze aus dem Sack und fühlte sich erleichtert. Nun war es raus, endlich! Als sie aber in Phils aschfahles Gesicht schaute, überfiel sie sofort das schlechte Gewissen. Lilly hätte es ihrem Mann sagen müssen und nicht sie! Was hatte sie sich nur dabei gedacht?

Phil schaute geistesabwesend durch sie hindurch, als wäre sie gar nicht mehr da. Langsam erhob er sich, rückte den Stuhl nach hinten und suchte seine Brieftasche im Jackett. Dann legte er sorgfältig einen Geldschein auf den Tisch. »Entschuldige, Magda, aber ich muss an die frische Luft und möchte gerne zu Fuß gehen. Ich darf dich doch einladen, ja?«

»Phil, es tut mir so leid …« Magda fehlten die richtigen Worte.

Mit hängenden Schultern und versteinertem Gesicht schlich er nach draußen, und sie sah noch, dass er mühsam die Tränen zurückhielt. Dümmer konnte Magda ihre Hilfe gar nicht anbieten. Sie ärgerte sich über sich selbst und verließ wütend das Café.

10

Ihr Handy signalisierte ein Gespräch.

»Hast du was mit meinem Mann? Immerhin ist es noch meiner!«, waren Lillys erste Worte, bevor Magda überhaupt ihren Namen im Display erkennen konnte. Sie atmete tief durch.

»Ich habe bereits einen, besten Dank«, reagierte sie blitzschnell und überlegte, woher ihre Freundin wusste, dass sie sich mit Phil getroffen hatte.

Lilly sprach in einem unverschämten Ton weiter: »Ich habe gesehen, dass du Phil abgeholt und innig umarmt hast. Ich war selber auf dem Weg in die Kanzlei, um mit ihm zu reden. Aber dann kamst du und hast es gehörig vermasselt!«

Für einen Moment blieb Magda die Spucke weg und sie musste sich zur Ruhe zwingen.

»Das, liebe Liliane Haysch, muss ich mir nicht bieten lassen. Deinetwegen hatte ich einen ausgewachsenen Krach mit Tim, musste einen aufgelösten Phil trösten, der mich um dieses Gespräch gebeten hatte, und jetzt soll ich mir noch deine üblen Verdächtigungen anhören?! Mir reicht eine Katastrophe, nämlich eure!« Sie drückte die rote Taste ihres Mobiltelefons und beendete damit das Gespräch. Magda wollte nur noch an einem Ort sein, an dem sie keinem bekannten Gesicht begegnen konnte, an dem sie ganz alleine war.

Das italienische Restaurant, fiel ihr ein, wo Lilly noch nie ein bekanntes Gesicht getroffen hatte, obwohl sie mit Fred dort oft zu Mittag aß, bevor sie sich mit ihm vergnügte.

Magda kannte die exakte Adresse des Restaurants nicht und fuhr nach Lillys vagen Beschreibungen.

Da war es: *L'Italiano*. Sie hatte es gefunden und atmete erleichtert auf. Der Parkplatz war leer, und im ansprechend weiß eingedeckten Speiseraum war sie der einzige Gast. Ein Blick auf die Uhr erklärte das. Es war halb zwölf, eine Uhrzeit, zu der sich kein Mensch in ein Restaurant verirrte, und in ein italienisches schon gar nicht. Das war auch gut so. Obwohl ihr der Appetit gründlich vergangen war, bestellte Magda einen Insalata mista und einen einfachen Hauswein. *Pinot Grigio*, empfahl ihr die mit einer üppigen Lockenpracht gesegnete, hübsche Servicekraft freundlich, »der passt immer!«

Magda stimmte lächelnd zu und schaute der schwarzhaarigen Schönheit anerkennend nach.

Hier hatte das Drama mit Lilly und Fred also begonnen. Aber es war egal, wo es angefangen hatte. Irgendwo und irgendwie fingen solche Geschichten immer an, und kein Beteiligter wusste, wie sie enden. Gedankenverloren blickte sie aus dem Fenster und erschrak.

Fred stieg aus seinem Auto und hielt einer nicht mehr ganz jungen, aber eleganten Dame den Wagenschlag auf. Sie hängte sich bei ihm ein, und beide schienen Spaß miteinander zu haben, denn lachend kamen sie im Gleichschritt auf das Restaurant zu. Wut stieg in Magda auf, und blitzschnell kam ihr der Gedanke, dass womöglich hier, im italienischen Ristorante mit prickelndem Champagner, einem neuen Opfer die letzten Zweifel an einer Schönheitsoperation genommen werden sollten.

Warum musste das alles immer ihr passieren? Magda betete zum lieben Gott, sie möge doch im Erdboden versinken, doch der zeigte kein Erbarmen. Noch bevor sie hinter einer schwülstigen Vase mit einem üppigen Blumenarrangement Schutz suchen konnte, hatte Fred sie entdeckt und kam freudestrahlend auf sie zu.

»Haben Sie auf mich gewartet?«, versuchte er flockig zu scherzen.

Magda spürte, wie ihr die Röte ins Gesicht schlug, hatte sich aber blitzschnell wieder im Griff. Mit einem überlegenen Lächeln erwiderte sie: »Nein, ich habe mich hierher verirrt in der Hoffnung, endlich mal alleine zu sein. Doch wie ich sehe, will mir das wohl heute nicht gelingen.«

Er überhörte ihren gereizten Tonfall und drehte sich nach seiner Begleiterin um, die offenbar in der Küche *Giovanni* begrüßt hatte und nun den Raum betrat.

»Anna, Liebes, komm her. Ich möchte dir Magda vorstellen, die wunderbare Frau meines Architekten! Was für ein herrlicher Zufall! Bitte, Magda, speisen Sie mit uns, meine Frau und ich, wir würden uns freuen!«

Dazu verspürte Magda nun gar keine Lust. Das hatte ihr gerade noch gefehlt, wo sie doch endlich einmal alleine sein wollte. Anna schien damit einverstanden zu sein und nickte ihr mit einem freundlichen Lächeln einladend zu.

»Anna hat gestern Abend das Flugzeug verpasst und konnte bei der grandiosen Hauseinweihung leider nicht dabei sein«, bedauerte Fred und legte tröstend den Arm um die Schulter seiner Frau, die diese Geste mit einem bezaubernden Blick aus ihren braunen Augen honorierte.

Nicht blond, sondern brünett, nicht einfältig, sondern selbstbewusst präsentierte sich diese Frau, und Magda musste neidlos anerkennen, dass sie wunderschön war und eine ungeheure Ausstrahlung besaß. Die kleinen Fältchen um ihre sanften Augen machten sie sympathisch. Magda rätselte über ihr Alter. Die Fünfzig hatte sie bereits überschritten, und so gertenschlank wie Freds Vorzeigemodels war sie auch nicht. Im Gegenteil: An den richtigen Stellen war sie gut proportioniert, ein weiblicher Typ! Ob ihr Busen echt war? Der Winterbody kam ihr wieder in den Sinn. Vielleicht war das Wort am Vorabend gar keine Beleidigung gewesen, und sie hatte nur überreagiert?

Fred saß ihr gegenüber, und sie hatte die Möglichkeit, ihn endlich eingehend unter die Lupe zu nehmen. Sie ging bei ihrer Beurteilung erbarmungslos vor: Verlebt sah er aus, hatte ein schwammiges Gesicht und Tränensäcke! Sein Bauch hing wie ein Sack über dem Hosengürtel, eindeutig Übergewicht und Bluthochdruck gratis dazu. Ihr Blick blieb an seinem mitgenommenen Hals hängen und erinnerte an einen überfälligen Truthahn.

Magdas Freundin Lilly, der Inbegriff der Ästhetik, trieb es mit diesem Schmierlappen. Das grenzte an eine Höchststrafe. Ihr fielen Lillys Schwärmereien ein: »Er ernährt sich gesund, treibt viel Sport und hat niemals geraucht.« Mensch, Lilly, dann würde der Typ nicht so verbraucht aussehen.

Als hätte Anna ihre Gedanken lesen können, legte sie eine Packung Zigaretten und ein edles Dupont-Feuerzeug auf den Tisch.

»Danke, Liebes, dass du daran gedacht hast. Ich habe meine Zigaretten in der Praxis liegen lassen«, säuselte Fred und streifte dabei zart mit seinem Zeigefinger über ihren Handrücken.

Magda lauerte darauf, ob Anna und Fred sich die Dreistigkeit herausnehmen würden, hier im Restaurant zu rauchen. Schließlich war das ein Nichtraucherlokal, und da halfen auch die besten Beziehungen zu *Giovanni* nichts. Sie würde aufstehen und dieses angeblich gesundheitsbewusste Ehepaar darauf aufmerksam machen. Das war so sicher wie das Amen in der Kirche. Doch im Moment lagen Feuerzeug und Zigaretten friedlich nebeneinander auf dem Tisch.

Lilly musste doch beim Küssen merken, dass Fred stank wie ein verrußter Kamin, Magda roch es ja schon aus einem Meter Entfernung. Seinen Patienten musste er gar keine Narkose verabreichen, die würden sicherlich schon von alleine ins Koma fallen. Magda ärgerte sich über diesen verlogenen Arzt. Sie nahm sich vor, Lilly noch einmal die Leviten zu lesen und ihr diese Tatsachen wie einen gelben Zigarettenstummel vor die Füße zu werfen. In der Massagepraxis ärgerte sich Lilly stets über die nach Knoblauch und Zigarettenqualm stinkenden Patienten und erst recht über schier unerträgliches Herren-Eau-de-Toilette! »Das ist eine Respektlosigkeit mir und den anderen Patienten gegenüber«, grummelte sie jedes Mal. Wieso akzeptierte sie diese Respektlosigkeit aber bei diesem *Räuchermännchen*? Liebe macht demnach nicht nur blind, sondern lähmt gleichzeitig den Geruchssinn.

Magda urteilte, wie immer, viel zu schnell über einen Menschen, der ihr unsympathisch war. Sie lehnte ihn leichtfertig ab und nahm ihn in Gedanken auseinander. Tim würde ihr sofort unterstellen, ein oberflächliches

Feindbild aufzubauen, und er hätte recht. Der Mann vor ihr war ein Feind. Er demontierte ungerührt und systematisch eine bislang intakte Ehe, stellte eine über Jahrzehnte andauernde Freundschaft auf eine harte Probe und kümmerte sich kein Stück um diese Katastrophen, für die er verantwortlich war. Stattdessen trank er mit seiner Angetrauten seelenruhig Champagner. Und Lilly machte bei diesen Spielchen auch noch mit. Protzig war er, das hatte Magda schon bei der ersten Begegnung erkannt.

Warum nur sah Tim ihn so ganz anders? Sie wusste keine Erklärung. Wahrscheinlich würde er sagen: »Ich will nicht mit ihm ins Bett!«

Und sie würde ihm antworten: »Ich auch nicht!«

Anna dagegen duftete nach einem sehr angenehmen Parfüm, aber sie wagte es nicht, nach dem Namen zu fragen, obwohl sie es gerne gewusst hätte.

Was fand Anna bloß an diesem Mann? Wieso blieb sie trotz der großen Entfernung und seiner außerehelichen Eskapaden mit ihm zusammen? War es der gemeinsame Sohn, der den Sinn des Lebens darin gefunden hatte, aus Überzeugung den notleidenden Menschen in Kenia zu helfen?

Sie grübelte weiter: Schöne Hände hatte er, das musste sie ihm lassen, und seine eiskalten blauen Augen hatten heute einen sanfteren Blick, was sie der Anwesenheit seiner Frau zuschrieb.

Für Magda schien diese Ehe, wenigstens für den Augenblick, in Ordnung zu sein. Wenn sie nicht gewusst hätte, dass Fred seit Wochen mit ihrer besten Freundin ins Bett stieg, dann hätte sie in ihm und Anna ein ganz normales Paar gesehen, das liebevoll und aufmerksam miteinander umging. Aber in diesem Fall wünschte sie sich innig, dass Anna ihren Mann genauso nach Strich und Faden betrog, wie er es tat! Magda spürte, dass ihr Leben mehr und mehr aus den Fugen geraten war. Sie fühlte sich müde und ausgelaugt. Nichts war mehr in Ordnung: ihre Ehe nicht, nach diesem furchtbaren Streit, die Ehe von Lilly und Phil nicht. Und diese Nummer hier stank auch zum Himmel.

»Anna ist Lehrerin in Visby, müssen Sie wissen«, begann Fred das Gespräch.

Obwohl Magda von Tim wusste, dass Anna in Visby wohnte, stellte sie sich dumm.

»Wie schön, aber wo liegt Visby eigentlich genau?« Sie versuchte, Interesse vorzugeben. Im Grunde genommen war ihr völlig egal, wo Anna ihre Schüler unterrichtete, aber sie wollte nicht unhöflich sein. Ob Anna ahnungslos war? Lehrerinnen vermittelten immerhin Werte, auch moralische. Sie war also Vorbild für eine ganze Generation.

»Auf Gotland in Schweden«, antwortete Anna beinahe akzentfrei. »Gotland ist eine wunderschöne Insel. Aber Magda und ihr Mann werden uns ja hoffentlich bald besuchen, wenn unser Haus modernisiert wird, nicht wahr, Fred?«, wandte sie sich nun an ihren Mann.

»Ich hoffe doch«, erwiderte er und schaute Magda verdammt lange an, was ihr in Annas Gegenwart äußerst unangenehm war. Der Typ gab niemals auf.

Magda lächelte dem Ehepaar Meinradt verbindlich zu, welches sich inzwischen für ein Drei-Gänge-Menü entschieden hatte: *italienische Minestrone mit viel Parmesan und anschließend Spaghetti mit reichlich Trüffel.*

»Auf das Dessert verzichten wir, *Giovanni.* Gib dafür eine ordentliche Portion Trüffel auf die Pasta, aber nicht zu knapp!«, kommandierte Fred mit einem überheblichen Lachen, »und bring eine Flasche deines besten Champagners zu den besten piemontesischen Trüffeln, per favore!«

Das *Dolce* nahm er wahrscheinlich zu Hause ein, die gleiche Nummer wie bei Lilly! Magda unterdrückte ihren Ärger.

Während Anna und Fred ihre Minestrone löffelten, die nicht nur appetitlich aussah, sondern herrlich duftete, das musste Magda ehrlich anerkennen, plauderte Anna locker über ihre Heimat und ihren Beruf.

»Ich vertrage das Klima hier nicht, der Föhn macht mir sehr zu schaffen«, antwortete sie auf Magdas fragenden Blick.

Sie hatte wachsame Augen, die sie ganz bestimmt nicht vor den Affären ihres Mannes verschloss.

»Aber Fred und ich, wir haben, was unser gemeinsames Leben angeht, ein souveränes Agreement getroffen«, beendete sie zügig ihren Satz, denn *Giovanni* brachte schmunzelnd die Spaghetti mit den köstlichen Trüffeln und stellte sie theatralisch in die Mitte des Tisches.

Magda hatte nun endlich die Antwort auf die Frage, warum Anna ihrem Mann dieses Lotterleben durchgehen ließ: Offensichtlich tolerierte sie es einfach.

Um von diesem pikanten Gespräch abzulenken, wechselte Fred etwas zu schnell das Thema.

»Übrigens, wussten Sie, dass fast sechzig Prozent meiner Patienten inzwischen Männer sind?«, prahlte er überheblich, »und es werden immer mehr, die für ihre Partnerin attraktiver aussehen möchten.«

Magda lag ein bissiger Kommentar auf der Zunge: »… oder für ihre Geliebte. Dann fange bei dir erst einmal an!«

Sie schluckte die verhängnisvollen Worte aber blitzschnell herunter. Ihr war es völlig schnuppe, an welchen Stellen sich die Männer aufrichten ließen. Sie sehnte sich plötzlich nach Tim und seinem vertrauten Körper. Nie würde sie bei Tim etwas dünner, dicker, breiter oder gar fester haben wollen. Nein! Nichts! Gar nichts! An ihm war alles so, wie sie es von jeher liebte.

Magda ging nicht näher auf den Anspruch des männlichen Schönheitsideals ein und wandte sich Anna zu: »Sie sprechen perfekt Deutsch, wo haben Sie ...?«, fragte sie, nun neugierig geworden.

»Mein Vater war ein *alter Schwede*«, unterbrach sie Magda und lachte hell auf bei dieser Wortwahl, »und meine Mutter kam aus Hamburg. Leider sind beide schon lange tot. Ich wurde dreisprachig erzogen – Deutsch, Schwedisch und Englisch – und zudem ist Fred ein perfekter Lehrer.«

Fred nickte geschmeichelt, und Magda hielt sich mit ihren Worten krampfhaft zurück. Das glaubte sie sofort, schließlich kannte er auch noch die *Schmuddelsprache*.

»Sie werden begeistert sein von Visby«, nahm Anna das Gespräch wieder auf. »Es ist eine wunderschöne, mittelalterliche Stadt, überschaubar und reizvoll, sogar mit einem Flugplatz, das ist praktisch für uns, nicht wahr, Fred?«, schwärmte sie Magda von ihrer Heimat vor.

Begeistert fuhr sie fort: »Sie sollten uns in der zweiten Augustwoche besuchen. Und wissen Sie, warum? Da findet ein über die Grenzen hinaus berühmter mittelalterlicher Markt mit Musik, Theater und Gaukeleien statt. Immer wieder freuen sich die Menschen von Visby auf dieses alljährliche Ereignis. Der Markt lockt bis zu zweihunderttausend Besucher innerhalb einer Woche an, das muss man sich einmal vorstellen, wo doch ganz Gotland nur so um die sechzigtausend Bewohner hat.«

Stolz klang aus ihren Worten, und Magda gefiel die Vorstellung, mit Tim bei diesem Fest dabei zu sein, und ließ sich von Annas Euphorie anstecken. Sie freute sich jetzt schon darauf, ihn mit ihrem neuen Wissen überraschen zu können.

»Ach, und noch etwas«, beendete Anna begeistert den kleinen Vortrag über ihre Heimat: »*Die Villa Kunterbunt*, die sie bestimmt aus Astrid Lindgrens *Pippi-Langstrumpf-Büchern* kennen, die besuchen wir auch, nicht wahr, Fred, mein Schatz?«

Ihr Schatz, dieser *Fleischbeschauer*, hatte längst zwei junge Damen im Visier, die mit einem, zugegebenermaßen, brillant aussehenden Jüngling – dem Aussehen und der Sprache nach ein Italiener – direkt am Tisch nebenan Platz genommen hatten. Die Mädchen flöteten mit einem rollenden R *Rocco* und buhlten im Wettlauf um seine Gunst.

Magda registrierte verärgert, dass die jungen Damen mit ihrer aufdringlichen Parfümwolke dem herrlichen Trüffelduft ein jähes Ende bereitet hatten.

Längst hatte Anna das Interesse ihres Mannes an den beiden kichernden Mädchen registriert, schaute aber diskret darüber hinweg.

Magda begann, sich zu amüsieren, als sie wahrnahm, dass der junge Italiener die Flirtversuche seiner beiden Begleiterinnen ignorierte und Anna feurige Blicke zuwarf, die diesen kleinen Triumph sichtlich genoss. *Rocco* schien ihr zu gefallen, denn sie fixierte ihn eingehend und lächelte ihm geheimnisvoll zu.

»Wo haben Sie sich kennengelernt?«, wagte Magda, das peinliche Flirten der Meinrads zu unterbrechen, entschuldigte sich aber sofort für ihre Neugier. Das ging sie nicht das Geringste an, und eigentlich war es ihr auch egal, wo sich dieses saubere Pärchen über den Weg gelaufen war.

»Nein, nein, das ist kein Geheimnis«, lachte Anna und erzählte munter von der Zufallsbegegnung vor achtundzwanzig Jahren: »Mein Vater ist Reeder ... war Reeder«, korrigierte sie sich, »und ich half ihm während der Semesterferien bei einer Messe in Hamburg. Irgendwann stand plötzlich Fred vor mir.«

Sie schaute ihren Mann sehr verliebt an, als wäre sie ihm gestern erst begegnet.

Magda hörte nur mit halbem Ohr zu. Sie verstand für einen kurzen Moment die Welt nicht mehr. Doch mit einem Mal traf es sie wie der Blitz: Anna entstammte einer alten Reederei-Familie und besaß das Geld, das Fred mit vollen Händen ausgab. Das Startkapital für seine Schönheitsklinik stammte mit Sicherheit von Annas Familie. Ob er sie deshalb geheiratet hatte? Zutrauen würde sie ihm mittlerweile alles! Beide gingen ihre eigenen Wege, seltsame Wege! Hielt das Geld diese Ehe zusammen? Kaum zu glauben, denn Fred verdiente inzwischen ein Schweinegeld! Das wusste Magda von Tim! Auf alle diese Fragen würde sie heute keine Antwort mehr finden. Vielleicht konnte Tim ihr mehr erzählen. Trotzdem änderte es rein gar nichts daran, dass Fred eine Bettgeschichte mit Lilly hatte und Geld dabei nicht die geringste Rolle spielte.

»So richtig konnte ich mich nie für die Reederei begeistern, zum Leidwesen meines Vaters«, setzte Anna das Gespräch fort. »Aber zum Glück führt mein Bruder seit dem

Tod unseres Vaters die Tradition des alteingesessenen Unternehmens fort. Mein großer Traum war es schon immer, Lehrerin auf Gotland zu werden, und den habe ich mir erfüllt.« Sie strahlte, und man sah ihr die Liebe zu ihrer Heimat, der Schule und den Kindern an.

»Aber wollen Sie nicht doch die köstlichen Trüffel probieren?«, lud Anna sie herzlich ein.

Magda blieb bei ihrem Salat, lehnte den Champagner dankend, aber mit Nachdruck ab und trank ihren Wein, um sich anschließend freundlich reserviert von Anna und Fred zu verabschieden. Freds Angebot, ihre Rechnung zu übernehmen, lehnte sie entschieden ab.

»Schade«, bedauerte Fred, »ich habe gehofft, Sie noch zu einem Espresso oder einem Grappa verführen zu können.«

Magda schüttelte sich vor Abscheu und dachte, dass dieser Schmierlappen sie nicht einmal zu einem Glas Wasser verführen würde. Hastig verließ sie das Ristorante. »Verlogene Gesellschaft«, stieß sie leise hervor. Beim überstürzten Hinausgehen warf sie *Giovanni*, der sie erstaunt musterte, einen bösen Blick zu, nach dem Motto: »Und du gehörst auch dazu!« Dieses Restaurant, das wahrscheinlich noch Zimmer »unter dem Dachjuchhe« für ganz Eilige vermietete, würde sie niemals mehr aufsuchen, das schwor sie sich, als sie mit Volldampf vom Hof fuhr. Da war ihr jeder *Schachtelwirt* lieber, ein bevorzugter Ausdruck von Lilly, wenn sie zusammen bei *McDonald's* heißhungrig einen *Big Mac* verdrückten.

»Ach, Lilly, du fehlst mir, auch wenn du ganz schön dämlich bist!«

11

Gerda hielt nach einer schlaflosen Nacht endlich die kleinen Papierknäuel aus Herrn Dr. Meinradts Abfallkorb in ihren Händen und ließ sie blitzschnell in die Tasche ihrer blütenweißen Küchenschürze verschwinden. Am Nachmittag würde sie jeden einzelnen Fetzen des zerrissenen Schreibens wie ein Mosaik sorgfältig zusammenfügen, um hinter das Geheimnis des mysteriösen Briefes zu kommen.

Sie zeigte heute besonderen Eifer beim Hausputz, schließlich durfte sie keinen Verdacht aufkommen lassen. Womöglich war dieser Diebstahl Grund für eine sofortige Kündigung, und das wäre fatal. Auf die gute Bezahlung im Hause Dr. Meinradt konnte sie nicht verzichten. Der gebrauchte Golf musste immer noch abbezahlt werden. Es war schon traurig genug, dass sie das Auto nicht einmal bar bezahlen konnte, weil das die Summe ihres mühsam Ersparten überstiegen hätte.

Sie überflog die Notiz von Herrn Doktor, die für sie auf dem Küchentisch bereitlag: »Ich bin in der Klinik, meine Frau beim Friseur. Bitte neue schwarze Seidenbettwäsche aufziehen, das Zimmer meiner Frau gut lüften und für ausreichend gekühlten Champagner sorgen.«

»Aber gerne doch, Freddilein, das mache ich mit links«, flüsterte sie dem Aufgabenzettel, den sie schmachtend an ihre Brust drückte, zu.

Vergnügt trällerte sie ein Liedchen vor sich hin, um das schlechte Gewissen, was zunehmend aufkeimte, zu vertreiben, und sie freute sich mehr als sonst auf den Feierabend.

Herr Doktor traf sich zum Essen mit seiner Frau und sie würden gemeinsam zu diesem neuen, elend teuren Italiener fahren, von dem die ganze Stadt schwärmte und den sie sich leider nicht leisten konnte. Demnach musste sie nicht auf ihn warten, und das kam ihr mehr als gelegen. In aller Eile holte sie die Post aus dem Briefkasten, für die sie heute kein großes Interesse zeigte, und legte sie ungesichtet auf den Schreibtisch. Mit dem Ärmel ihrer Jacke wischte sie noch einmal sorgfältig über den Silberrahmen mit dem Foto der gnädigen Frau, die ihr auf dem Bild freundlich zulächelte. Ja, sie war mehr als zufrieden mit ihrer Arbeit.

»Tschüss, lieber Herr Doktor, und bis morgen. Sie müssen mir unbedingt die Alarmanlage genauer erklären. Habe noch die Lieblingsblumen Ihrer Frau besorgt, Gerda«, notierte sie fein säuberlich auf einem Zettel.

Das würde wieder ein besonderes Lob von ihm geben, und vielleicht bekam sie noch ein Extrascheinchen dafür. Immer wieder vergaß er, dass seine Frau bunte Herbstdahlien liebte. Ja, sie war unentbehrlich in diesem neuen, schönen Haus, da war sie sich ganz sicher.

Gewohnheitsmäßig fuhr sie beim Verlassen des Hauses schnell mit dem Zipfel ihres Schultertuchs über die Lichtschalter im Eingangsbereich, um eventuelle Fingerabdrücke zu entfernen. In einer Zeitschrift hatte sie gelesen, dass die hohen Herrschaften so ihre Hauswirtschafterin auf die Probe stellten, und diese Prüfung würde sie mit

Leichtigkeit bestehen. Sie schloss sorgfältig die Eingangstür ab, rüttelte vorsichtshalber noch einmal energisch am
messingfarbenen Türknauf und verließ schnellen Schrittes
die Villa Dr. Meinradt.

Wie einen kostbaren Lottogewinn mit sechs Richtigen
trug Gerda das Objekt ihrer Begierde in der abgewetzten
Handtasche aus dem Haus ihres Chefs und kam sich wie
eine Diebin vor. Dabei hatte sie doch nur Papiermüll entsorgt, der sowieso in der Mülltonne gelandet wäre – also
kein Grund zur Beunruhigung.

In ihrer kleinen, bescheidenen Zweizimmerwohnung
setzte sie zuerst Kaffeewasser auf, faltete andächtig das
braune Filterpapier und füllte es mit drei Teelöffeln Kaf-
feepulver. Mit dieser Zeremonie läutete sie täglich ihren
beginnenden Feierabend ein. Sie lehnte die modernen Kaffeeautomaten entschieden ab. Diese, da war sie sich ganz
sicher, beanspruchten mehr Energie als ihr alter, verbeulter
Wasserkessel und waren dazu noch unerträglich laut.

Heute hatte Gerda es etwas eiliger, und sie schielte immer wieder triumphierend auf ihre Handtasche, wobei sie
vor Neugier fast platzte. Sie hatte das eigentlich alles sehr
diplomatisch angepackt und klopfte sich dafür wohlwol-
lend selbst auf die Schulter. Mit zittrigen Fingern entknit-
terte sie die kleinen Papierklumpen und überlegte krampfhaft, ob sie vielleicht doch wie ein Detektiv eine Pinzette
zur Lösung des Falles herbeiziehen sollte. Sie entschied
sich jedoch dagegen und glättete stattdessen jeden Schnipsel sorgfältig mit der flachen Hand, bevor sie einen nach
dem anderen auf dem peinlich sauberen Küchentisch ver-
teilte. Nun musste Gerda die Papierfetzen nur noch anei-
nanderfügen. Um ihre Einsamkeit zu vertreiben und ihre

Gehirnzellen fit zu halten, beschäftigte sie sich häufig mit einem ihrer zahlreichen Puzzles, was ihr jetzt zugutekam.

Zuerst erkannte sie die blauen Augen ihres Chefs, die starr auf sie gerichtet waren. Sie kam sich ertappt vor, und erschrocken legte sie die Augen mit dem Blick nach unten auf den Küchentisch. Nun hielt sie die Hälfte seines Kopfes mit dem dünnen, grauen Haarkranz und ein Ohr in ihren Händen. Es waren noch etliche Papierteilchen, die zusammengefügt werden mussten, und zuversichtlich goss sie sich ihren zweiten Kaffee ein. Vor Aufregung vergaß sie, die prall gefüllte Keksdose auf den Tisch zu stellen, die ihr sonst heilig war.

Aber was war das? Eindeutig! Der Mund einer Frau mit vollen, sehr roten Lippen. Hektisch wühlte Gerda mit ihren Fingern in den Papierschnipseln herum. Irgendwo musste sie doch mehr finden, die Augen, die Haare oder die Nase! Und endlich: Da waren sie, die Augen, die sie sofort erkannte.

Schau an, schau an, die feine Liliane Haysch, die Masseurin, bei der sie nie einen Termin bekam, weil sie unentwegt ausgebucht war – und zwar von Männern! Gerda musste immer mit Bettina Spröde vorliebnehmen. Ihre Gedanken überschlugen sich: ihr Chef und diese Frau? Unerhört! Sie kam sich übergangen vor, belogen und ausgenutzt! Wieso hatte sie nichts bemerkt? Sie hörte doch auch sonst das Gras wachsen! Von Eifersucht geplagt, goss sie sich ein großes Glas Himbeergeist ein. Der gute Tropfen war das Geschenk ihres Chefs zu ihrem zehnjährigen Jubiläum als Hauswirtschafterin gewesen. Während sie Schlückchen für Schlückchen genussvoll zelebrierte, klebte sie die übrigen Papierschnipsel zusammen und überlegte sich eine Strategie, wie sie diesem Schauspiel ein gehöriges Ende setzen konnte. Der Missgunst folgte nun ein Gefühl des Triumphs. Hektisch griff sie zur Flasche und führte sie gierig an die Lippen.

Bis zum Abend war das Puzzle vollständig, und neben dem Foto lag auch noch ein kleiner Fetzen Papier: *100.000 Euro*, stand darauf. Der Inhalt der geleerten Flasche Schnaps entfaltete plötzlich seine hochprozentige Wirkung. Gerda begann, hämisch zu kichern.

»Ein Erpresserbrief«, prustete sie, und ihr Gesicht formte sich langsam zu einer faltigen Grimasse. Es dauerte nicht lange, und sie schluchzte pausenlos vor sich hin. Immer wieder fragte sie sich, warum nicht sie die Glückliche auf diesem erotischen Foto sein durfte, wo doch diese aufgedonnerte Lilly kaum fünfzehn Jahre jünger war als sie, wenn überhaupt!

Gerda erinnerte sich an einen ähnlichen Fall, der sich vor einigen Jahren zugetragen hatte. Ihr Herr Doktor wurde damals von einem unbekannten Mann erpresst und amüsierte sich köstlich über den Inhalt des Erpresserbriefes. Er las ihr damals die plumpen Worte vor, und beide lachten Tränen darüber:

Wenn Sie meiner Frau nicht kostenlos zu einem größeren Busen verhelfen, dann veröffentliche ich Sexfotos von Ihnen und Ihrer Gespielin, die auch Ihre Frau erhalten wird!

Das beigelegte Foto zeigte eine dunkelhäutige Frau mit großen, schwarzen Augen und einem falschen Busen zusammen mit ihrem Chef. Beide sah man in eindeutiger, unanständiger Pose in seinem schönen, neuen Wagen. Es war

Gerda peinlich, ihn so unseriös und enthemmt auf einem Bild zu sehen, und beschämt blickte sie damals zu Boden. Herr Dr. Meinradt ließ sich nicht einschüchtern und wartete gelassen auf die Dame, die auf Anraten ihres Mannes kostenlos ihren Busen runderneuern sollte. Leider kam sie nicht.

Der gnädigen Frau waren solche Affären sowieso egal. Sie hatte zum damaligen Zeitpunkt selber auf Gotland ein intimes Verhältnis mit einem jungen Lehrer und machte daraus kein Geheimnis. Gerda dachte an den einzigen Urlaub in ihrem Leben. Sie durfte zwei Wochen in Visby im Haus der Meinradts wohnen und dort mal richtig für Ordnung sorgen. Fast jede Nacht bekam die gnädige Frau Besuch von diesem jungen Schönling, der ihr Sohn hätte sein können. Anna war eine leidenschaftliche Frau, und Gerda erinnerte sich noch heute an die Lustschreie der beiden.

»In Schweden ist man eben freizügiger«, entschuldigte sie Annas schlechte Moral. Frühmorgens schlich Björn aus dem Haus, ohne sein Frühstück anzurühren, was sie als perfekte Hauswirtschafterin fürsorglich auf den Küchentisch gestellt hatte.

Klar, dass sich Fred Meinradt mit solchen banalen Dingen wie Erpressung nicht belastete, sondern sich darüber ungemein amüsierte.

Gerda hatte Lust und Leidenschaft längst aufgegeben, seitdem sie vergeblich versucht hatte, mit ihrem früheren Nachbarn Otto anzubändeln. Er war ein paar Jahre jünger als sie und roch fantastisch, darauf legt sie großen Wert. Für ihn wäre sie eventuell an ihren Notgroschen gegangen und hätte sich neue, schwarze Unterwäsche gekauft, weich und glänzend, wie die der gnädigen Frau.

Wenn Otto ihr über den Weg gelaufen war – und Möglichkeiten, ihn oft zu treffen, hatte sie schnell herausgefunden –, ging die Fantasie mit ihr durch, und sie sah sich mit ihm auf seinem verschlissenen und durchgesessenen Sofa unanständige Dinge tun. Diese sündigen Gedanken hätte sie nicht einmal beichten können, so sehr hatte sie sich dafür geschämt.

Aber eines Tages hatte Gerda eine andere Frau bei Otto gesehen. Sie hatte das Lachen der beiden gehört, während sie aus Kummer darüber ihr lautes Schluchzen unterdrücken musste. Ein paar Wochen später hatte das glückliche Pärchen gemeinsam eine größere Wohnung in einer anderen Stadt gemietet.

»Tschüss, Gerda, mach's gut!«, das war alles, was Otto zum Abschied gesagt hatte. Sie war sauer geworden. So ein blöder Spruch! Was sollte sie gut machen? Sie wusste es nicht! Es wäre ihr lieber gewesen, er hätte gar nichts gesagt. Traurig überdachte Gerda ihre unerwiderte Liebe. Was hatte diese andere Frau, was sie nicht hatte? Sie nahm sich fest vor, mit der Liebe abzuschließen.

Der Herr Doktor hatte damals ihren Kummer bemerkt und sie aufgemuntert: »Verschließen Sie sich nicht vor den Genüssen des Lebens, Gerda, dafür ist es nie zu spät!«

»Der hat gut reden«, klagte sie verbittert. »Der kann die schönsten Frauen schon auf dem OP-Tisch in Ruhe betrachten.«

Gerda ahnte, dass das Beweisfoto, das jetzt auf ihrem Küchentisch lag, ihn keineswegs beunruhigen würde. Im Gegenteil, er hatte es lässig, ihrer Meinung nach zu lässig, gedankenlos in den Papierkorb geschnippt und kein großes Aufheben darum gemacht.

Nein, ihr Chef schwebte über diesen Dingen. Damit konnte man ihn nicht ins Bockshorn jagen.

Aber bei dieser Haysch, da wäre doch was zu holen! Wie würde die reagieren? Man müsste sie zuerst mit dem Foto einschüchtern, ihr damit Angst machen, ein wenig pokern und dann gezielt einen Geldbetrag nennen. Vielleicht zwanzigtausend Euro? Das war nicht überzogen, eher läppisch. Eine solche Summe zahlte diese honorige Gesellschaft aus der Portokasse! Fünfzigtausend wären angebracht! In Fernsehkrimis ging es meist um Millionen bei einer Erpressung, und diese Masseurin war doch schließlich mit einem gut verdienenden Rechtsanwalt verheiratet! Ohne Moral, diese feine Sippe. Alle hatten sie Dreck am Stecken! Oder sollte sie eine Erpressung besser anonym angehen? Aber es fehlte ihr die Taktik. Es könnte gefährlich werden, wenn die Haysch ihren Lover darauf ansprechen würde. Herr Dr. Meinradt wüsste sofort, wer das Foto entwendet hatte. Das wäre ihr Untergang. Nein, sie musste einen Frontalangriff wagen, von Angesicht zu Angesicht. Gerda wollte in Lillys entsetztes, flehendes Gesicht schauen. Genugtuung keimte in ihr auf. Ja, sie wollte dieses Flittchen wimmern sehen.

Aber wer hatte bloß diese Aufnahme geschossen? Die neue Villa ihres Chefs glich einem Hochsicherheitstrakt. Die schreckliche Alarmanlage, die ihr sowieso nicht geheuer war, würde sofort mit ohrenbetäubendem Lärm anschlagen, sobald ein ungebetener Gast in der Nähe des Hauses auftauchte. Aber Herr Doktor war leichtsinnig und lehnte blickdichte Vorhänge ab, die er als *spießiges Stück Stoff vor den Fenstern* verpönte. Oft genug vergaß er, die elektrischen Jalousien herunterzulassen, und der Code für die Zeitschaltuhr interessierte ihn nicht, weil er glaubte, er habe nichts zu verbergen. Nun hatte er den Salat! Das Foto musste demnach von der großen Pappel aus, die auf dem Grundstück stand und die Grenze zum Nachbarn symbolisierte, geschossen worden sein.

Gerda staunte nicht schlecht. Das musste ein wendiger und windiger Hund gewesen sein, der sich bis zur Baumspitze hochgehangelt hatte. Eine solche Aktion war harte, sportliche Akrobatik. Hätte der Paparazzo eine Leiter benutzt, wäre er wahrscheinlich aufgefallen, und das war ihm zu waghalsig gewesen.

Gerda drehte die zerrissenen Papierstückchen, die sie säuberlich mit Klebstoff zu einem Foto aneinandergeklebt hatte, nach links und rechts, hielt sie gegen das Licht und stellte sie auf den Kopf, um sie ohne nähere Erkenntnisse wütend und frustriert auf den Küchentisch fallen zu lassen. Sie lachte diebisch über das Foto, auf dem dieser Lilly die halbe Nasenspitze fehlte, die wahrscheinlich noch im Papierkorb ihres Chefs schlummerte.

Egal, wo und von wem der Beweis aufgenommen worden war, Tatsache war, dass die beiden zusammen im Bett lagen! Je genauer sie das Bild betrachtete, desto wütender wurde sie. Ihr Herr Doktor verbiss sich wie ein blutrünstiger Vampir in den Hals dieser Frau, die splitternackt, mit ihren grünen Augen, weit geöffnetem Mund und gelösten Haaren hingebungsvoll seine Gier nach ihrem Körper genoss. Geradezu abscheulich!

Rachegelüste stiegen in ihr auf. Wenn sie schon keinen Mann mehr haben durfte … Und erneut wurde sie von einem Weinkrampf überwältigt.

Den Brief des Erpressers zerriss sie und spülte die unzähligen kleinen Schnipselchen das Klo hinunter. Nur das zusammengeklebte Foto war wichtig, das musste sie vorerst aufbewahren.

»Nicht einmal zehn Euro würde Fred Meinradt für dieses Geschmier bezahlen, der hat Stolz und Mut dazu«, frohlockte sie.

Gerda hatte eine in ihren Augen geniale Idee, dieser Lilly, die sich schamlos als verheiratete Frau an ihren Herrn Doktor herangemacht hatte, gnadenlos ans Leder zu gehen. Dabei spürte sie einen Hauch von Luxus auf sich zukommen. Erpressung? Nein, sie jonglierte nur ein wenig mit ihrem Wissen und ließ sich das gut bezahlen! Die Raten für ihr Auto könnte sie in einem Rutsch bezahlen, vielleicht wäre sogar ein funkelnagelneuer Golf drin. Doch zuerst würde sie in die Sonne fliegen, schließlich durfte man auch einmal an sich denken. Nichts hatte sie im Leben geschenkt bekommen, und endlich würde sie ihren Träumen ein kleines Stück näher kommen.

Sollte sie Fanny, ihre Freundin, einweihen? Aber die würde vielleicht von diesem unvorhergesehenen Glückstreffer profitieren wollen! Nein, Fanny war eher ängstlicher Natur und würde ihr mit dämlichen und womöglich moralischen Bedenken kommen. Das konnte Gerda ganz und gar nicht gebrauchen. Diese höchst pikante Angelegenheit musste sie alleine durchziehen, denn das war eine einmalige Chance in ihrem Leben. Zufrieden mit ihrem Einfall, schlummerte sie endlich ein.

Sie schlief unruhig und wälzte sich die halbe Nacht in ihrem Bett herum. Gegen fünf Uhr morgens fiel sie schließlich in einen tiefen Schlaf und träumte, dass sie mit Otto in eine große, helle Wohnung gezogen war, hinaus aufs Land, weg aus ihren schäbigen Wohnungen der Fünfzigerjahre, die ohne Komfort waren. Sie hatten nun eine begehbare Dusche und einen Küchenboden aus glänzendem Granit, genau wie ihr Chef! Die Schubladen der edlen Mahagonikommode waren vollgestopft mit schwarzen und roten Dessous, in denen sie Otto verführte und die ihr atemberaubend passten. Denn Fred, den sie als gut betuchte Patientin jetzt mit dem Vornamen anreden durfte, hatte an der einen oder anderen Stelle ihres Körpers ein wenig nachgeholfen. Selbst die unzähligen Kummerfalten auf ihrer zerfurchten Stirn und die hängenden Mundfalten hatte er ihr einfach weggezaubert. Gerda fühlte sich schön, und Otto war stolz auf sie. Vor allen Dingen konnte er gar nicht genug von ihrem Körper bekommen, den sie ihm zu jeder Tages- und Nachtzeit aufreizend darbot, schließlich hatte sie enormen Nachholbedarf.

Als sie schweißgebadet aufwachte, holte sie die traurige Wirklichkeit wieder ein. Kein Otto, keine neue Wohnung, keine Dessous, kein Sex! Aber das würde sich bald alles ändern! Sie fühlte sich wie gerädert und roch ihren eigenen schlechten Atem. Nur die Hoffnung auf die Erfüllung ihrer Träume ließ sie mühsam aus dem Bett kommen.

12

Die Zufallsbegegnung mit dem Ehepaar Meinradt war Magda gehörig auf den Magen geschlagen. Das Glas Grappa, welches sie zu Hause direkt hinunterstürzte, brachte keine Besserung. Sie hoffte, nach einem kurzen Mittagsschläfchen das Desaster verdaut zu haben.

Wo Tim wohl heute gegessen hatte? Warum machte sie sich immer so viele Gedanken um Tims Wohl? Ob er sich auch fragte, wo und mit wem sie heute zu Mittag gegessen hatte? Und wo steckte eigentlich die Hauptfigur dieses Dramas, Lilly, während ihr Gockel mit seiner Frau beim Italiener Trüffel und Champagner in sich hineinstopfte? Auf alle diese Fragen fand Magda keine Antwort, die sie beruhigt hätte.

Andererseits hatte sie auch keine Nerven mehr für die Eheprobleme anderer Menschen und wollte auch keine mehr dafür aufbringen, auch nicht für Lilly und Phil.

Sie räumte die eiligen Einkäufe für das Abendbrot in die Küche und staunte: Ein riesengroßer Strauß roter Rosen stand, noch mit Papier umwickelt, in einem Eimer Wasser auf dem Küchentisch. Auf einer eilig vom Zettelblock abgerissenen Notiz las sie: »Verzeih meine Unbeherrschtheit. Freue mich auf heute Abend, Kuss, Tim!«

Der Kuss war doppelt unterstrichen, und sie frohlockte im Nachhinein, dass sie selbigen in ihrer SMS an ihn gelöscht hatte. Mit Genugtuung stellte sie fest, dass er das kleine Signal verstanden hatte. Sie überlegte, wie lange sie keine Rosen mehr von ihm bekommen hatte. Blumen ja! Aber Rosen? War damit der Streit von gestern Abend ad acta gelegt? Ging das so einfach?

Vielleicht waren ja auch der viele Champagner und der ganze unnötige Rummel um die Eröffnungsfeier bei Dr. Meinradt schuld. Sie spürte, dass sie schon wieder eine Entschuldigung suchte und klein beigab. Sie freute sich dennoch, genau wie Tim, auf einen romantischen Abend. Zum Glück hatte sie vorsorglich einen schönen, festen Kürbis besorgt. Daraus konnte sie ein Risotto mit Kürbispesto zaubern, dazu eine Flasche frischen Chardonnay öffnen und … alles wäre wieder gut? Sie zweifelte.

Zu sehr gingen beide mit dem Schicksal von Lilly und Phil einher. Und Fred? Der lag wahrscheinlich gerade mit seiner Anna splitternackt in feiner Seidenbettwäsche und heizte sie mit einem Dirty Talk an. Sollten sie Magda doch beide den Buckel runterrutschen!

13

Lilly war beleidigt. Was bildete Magda sich eigentlich ein, einfach so das Handygespräch zu beenden? Es war doch wohl ihr gutes Recht, nach ihrem Ehemann zu fragen. Immerhin war sie guten Willens in Phils Kanzlei gefahren, um mit ihm – nach dem heftigen Krach am Abend zuvor – ein vernünftiges Gespräch zu führen. Dafür hatte sie extra allen ihren Patienten aus fadenscheinigen Gründen abgesagt, und nun kam ihr ihre beste Freundin in die Quere. Sie traute ihren Augen nicht, als Phil zu Magda ins Auto stieg und sie ihn liebevoll umarmte. Wütend über die geplatzte Aussprache mit ihrem Mann begann Lilly zu weinen; die Enttäuschung war zu groß, und blind vor Tränen wünschte sie den beiden, sie mögen in der Hölle schmoren!

Hatte er nichts Besseres zu tun, als sich gleich hinter ihrem Rücken mit der scheinheiligen Magda zu treffen, die das Spielchen auch noch mitmachte? Lilly war empört.

Sie hatte Phil am Vorabend noch auf dem Nachhauseweg ihr Verhältnis mit einem anderen Mann gebeichtet. Stark alkoholisiert schlug sie vor, noch in derselben Nacht vorerst in die kleine Gästewohnung zu ziehen, was Phil als absurd ablehnte.

»Soll ich vielleicht noch zuhören oder gar zusehen, wann und wie du dich deinem Lover an den Hals wirfst?«, tobte er nach ihrem Geständnis. »Und wer ist überhaupt der Kerl, mit dem du es hinter meinem Rücken treibst?«, schrie er durch das ganze Haus. Phil war so außer sich, dass sie es nicht gewagt hatte, ihm zu sagen, dass Fred der Mann war, in den sie sich verliebt hatte. Lilly hatte Angst, dass er gänzlich ausrasten würde. Außerdem hatte er recht: Sie hatte eindeutig zu viel Champagner getrunken, und ihr war sterbensschlecht. Den spontanen Gedanken, sich sofort ein Taxi zu nehmen und zu Fred zurückzufahren, ließ sie wieder fallen. Womöglich war seine Party noch gar nicht zu Ende? Diese Blamage wollte sie sich und auch ihrem Mann ersparen, so viel Ehrgefühl steckte noch in ihr. Mit vorsichtigen Schritten schwankte sie nun doch die Treppe zum Gästeappartement hinunter. Phil knallte mit ungeheurer Wucht die Tür hinter ihr zu. »Ich will dich in meinem Haus nicht mehr sehen!«

Diese Worte kränkten Lilly ungemein. Das Haus gehörte beiden, er wollte das damals so! Wie glücklich sie waren, als sie gemeinsam den Vertrag unterzeichnet hatten und er sie danach wie eine Braut über die Schwelle ins Haus getragen hatte. Am nächsten Tag setzte er einen Rosenbusch in den Garten, und Jahr für Jahr bewunderten sie die herrliche Blütenpracht, die dank Phils aufopfernder Pflege von Mal zu Mal üppiger und schöner wurde.

»Wie du, Lilly«, scherzte er gerne.

Mit diesem friedlichen Gedanken schlief sie endlich ein und nahm sich vor, am nächsten Tag mit ihm zu reden. Das hatte ihre bislang gute Ehe verdient.

Wenn ihr eigener Mann schon keine Zeit für sie hatte und sich lieber hinter ihrem Rücken mit ihrer angeblich besten Freundin traf, dann würde sie eben zu Fred fahren!

Spontan fuhr sie zu *Giovanni* in der Hoffnung, Fred dort beim Mittagessen anzutreffen. Sie musste ihm die prekäre Situation erklären und ihm von dem Streit mit ihrem Mann in der vergangenen Nacht berichten. Vielleicht konnte sie ja doch zu ihm in das neue Haus ziehen. Fred würde ihr helfen, da war sie sich hundertprozentig sicher. Er liebte sie, und schließlich konnte sie von ihm erwarten, dass er ihr ein Dach über dem Kopf anbot, wenn ihr Ehemann sie schon seinetwegen rauswarf. Ob er bei der Hauseinweihung so abweisend zu ihr gewesen war, weil Phil, Magda und Tim dabei waren? Das wäre eine Erklärung ... Doch die war jetzt nicht mehr nötig, denn alle wussten Bescheid, und zwar wegen Magda! Diese Tratschtante hatte es bestimmt ihrem Tim gesteckt, wer der geheimnisvolle Liebhaber war. Wusste Phil inzwischen auch Bescheid? Dann müsste sie es ihm nicht beichten.

Zielstrebig lenkte Lilly ihren Wagen in Richtung *Giovanni* und bog vorsichtig in die schmale Hofeinfahrt ein. Sie erstarrte und verlor fast die Kontrolle über ihren Wagen. Es standen nur zwei Autos auf dem großen Parkplatz: Freds Maserati und Magdas Mini.

Fassungslos starrte sie auf die Fahrzeuge, die so dicht nebeneinanderstanden, einer zärtlichen Berührung gleich. Sie zögerte kurz und wendete dann mit einer großen Schleife entschlossen ihr Auto, in der Hoffnung, dass Fred und Magda sie durch das geöffnete Fenster sehen und erschrecken würden.

Die beiden? Eine unglaubliche Provokation! Diesen Schock musste sie erst einmal verkraften. Natürlich war es ihr bei Freds Party aufgefallen, dass er seinen Blick nicht von Magda und ihrem aufreizenden Dekolleté lassen konnte. Inzwischen konnte sie seine Art deuten, wenn er von einer Frau fasziniert war. Aber Magda? Dieses scheinheilige Luder hatte Fred nur mies gemacht, um ihn sich selber unter den Nagel zu reißen. Es war eine bodenlose Geschmacklosigkeit, auch noch mit ihm bei *Giovanni* zu speisen. Dieses Privileg hatte ausschließlich sie!

Sollte sie umkehren und ihnen den Champagnerkübel samt Eis über den Kopf schütten? Lilly glaubte, vor Eifersucht platzen zu müssen. Irgendwie schienen ihr im Augenblick alle Felle davonzuschwimmen. Was sollte sie jetzt tun? In die Praxis zurückfahren, wo heute kein Patient mehr auf sie wartete, weil sie kurzfristig alle in die Wüste geschickt hatte? Sollte sie zu Phil in die kleine Gästewohnung umkehren oder gar zu Fred fahren, um vor seinem Haus wie eine käufliche Dirne auf einen geilen Bock zu warten? Bestimmt besaß er noch die Frechheit, nach seinem Champagnergelage bei *Giovanni* mit einer anderen nach Hause zu fahren, nämlich mit ihrer besten Freundin! Die Nummer war mehr als geschmacklos!

Schlagartig wurde Lilly bewusst, dass sie einen Weg eingeschlagen hatte, der einer raffinierten Umleitung bedurfte, bevor sie in eine Sackgasse gelangte. Sollte sie um Fred kämpfen? Ja, das würde sie tun! So leichtfertig gab sie ihn nicht auf, und schon gar nicht für die ehrenwerte Magda, die ihre angeblich so harmonische Ehe mit ihrem Super-Tim stets in den siebenten Himmel gelobt hatte. Lilly würde für ein höllisches Erwachen sorgen und dieses glorreiche Paradies mächtig durcheinanderwirbeln.

Den Gedanken, Magda noch einmal auf dem Handy anzurufen, um sie erneut zu beschimpfen, verwarf sie. Und Fred, das wusste sie genau, ging beim Essen nie an sein Handy, schon gar nicht in Begleitung einer schönen Frau. Womöglich würde Magda sie in seinem Beisein auch noch siegessicher und von oben herab mit den Worten »Belästige uns nicht mit deinem Verfolgungswahn« abspeisen. Das war zwar nicht Magdas Art, aber in diesem speziellen Fall würde sie ihr diese Arroganz zutrauen, so sauer wie sie vorhin am Handy war. Noch nie hatte Magda sie einfach aus einem Telefongespräch weggedrückt, und nun kannte Lilly den Grund für dieses Verhalten: Magda hatte ihr gegenüber ein schlechtes Gewissen! Ihr wurde übel, und tausend Gedanken gingen ihr durch den Kopf. Welche Rolle spielte Magda in diesem hinterhältigen Versteckspiel? Zuerst hatte Lilly sie mit ihrem Mann und kurze Zeit später mit ihrem Liebhaber, für den sie ihre Ehe aufs Spiel setzte, gesehen. Und Magda riskierte ihre ebenfalls! War sie total übergeschnappt?

»Das gemeinsame Mittagessen mit ihrem Göttergatten hat die perfekte Hausfrau Magda wohl heute ausfallen lassen. Dabei legen beide doch immer so viel Wert auf gemeinsame Mahlzeiten«, höhnte Lilly gehässig und beschloss, Magda vor ihrem Haus abzupassen und sie zur Rede zu stellen. Irgendwann musste sie ja wieder auftauchen, und der Tag war sowieso gelaufen.

Unwirsch stellte Lilly fest, dass ihre Tankuhr zu allem Ärger penetrant aufleuchtete. Sie hatte ihr Zuhause heute Morgen kopflos verlassen und nicht genügend Geld, geschweige denn die Kreditkarte, eingesteckt. Mit leerem Tank vor Magdas Wohnung stehen zu bleiben, war mehr als peinlich. Lieber biss sie in den sauren Apfel und tankte auf Phils Monatsrechnung. Obwohl sie sich dafür schämte, fuhr sie den kleinen Umweg zur Tankstelle und füllte den Tank ihres Wagens nur zur Hälfte. Sie ärgerte sich schwarz über eine nicht angekündigte Baustelle, die ihr kostbare Zeit stahl. Endlich konnte sie den schnellen Gang einlegen und bog im Eiltempo in die exklusive Straße ein, in der Tim und Magda eines der obersten Terrassenhäuser bewohnten.

Vor dem Haus angekommen, überlegte Lilly, ob sie doch besser direkt zu Fred fahren sollte, um ihn und Magda in flagranti zu ertappen. Aber womöglich würde sie die Nerven verlieren und sich mit einer hysterischen Eifersuchtsszene lächerlich machen. Damit würde sie Fred für immer und ewig verlieren. Aber hatte sie ihn nicht bereits verloren? Jetzt, wo er mit Magda …?

Noch bevor sie den Gedanken zu Ende bringen konnte, entdeckte sie Magdas beigefarbenen Mini ordentlich geparkt auf dem dafür vorgesehenen Außenstellplatz. Erstaunt rieb sie sich die Augen und glaubte zu träumen. Ihre Gedanken überschlugen sich. Vor gut einer Dreiviertelstunde waren Magda und Fred gemeinsam im *L'Italiano* gewesen. Sie konnte unmöglich mit ihm nach Hause gegangen und so schnell wieder hierhergekommen sein.

Vielleicht hatte sich Tim Magdas Auto ausgeliehen, um sich mit seinem Bauherrn nach der sensationellen Party zum Essen zu treffen? Sie wusste, dass Tim bei schönem Wetter gerne Magdas offenen Mini fuhr. Ja, so musste es sein. Lilly atmete bei diesem Gedanken erleichtert auf.

Mutig drückte sie den Klingelknopf und hörte kurz darauf Magdas vertraute Stimme: »Hallo?«

»Mach auf, ich bin es«, signalisierte sie energisch durch die Sprechanlage und ließ keinen Widerspruch zu. Im selben Moment öffnete sich summend die Haustür.

Magda empfing Lilly direkt am Lift und umarmte sie flüchtig.

Beim Eintreten in die große Wohnküche entdeckte Lilly sofort den gigantischen Rosenstrauß und kämpfte dagegen an zu fragen: »Von Fred?«

Er hatte ihr noch nie Blumen geschenkt.

»Von Tim«, kam Magda ihr nicht ohne Stolz zuvor. »Wir hatten gestern einen Krach wie lange nicht, deinetwegen!«

Lilly beruhigte sich langsam. Magda stand leibhaftig vor ihr und lag nicht in Freds Bett. Der Streit ihrer Freundin mit Tim interessierte sie im Moment aber herzlich wenig.

Magda setzte zum Reden an: »Heute lässt mich kein Mensch in Ruhe. Gerade wollte ich mich für ein paar Minuten hinlegen, Lilly, ich bin müde. Deine Affäre erschöpft mich auch, aber wenn du schon mal da bist, was ist los?«

Aus Magdas Worten klang Resignation, und an Lilly nagte das schlechte Gewissen.

»Magda, ich war vor nicht ganz einer Stunde auf dem Parkplatz des *L'Italiano* und habe dein … äh … eure Autos gesehen!«

Magda wurde blass wie eine frisch getünchte Kalkwand.

Lilly hatte sie zuerst mit Phil gesehen und deswegen mit ihr einen Krach am Handy angefangen. Danach hatte sie beim Italiener ihr Auto zusammen mit dem von Fred gesehen, was ja einerseits stimmte, andererseits aber auch nicht! Das hatte ihr gerade noch gefehlt, und sie verstand sofort, was Lilly bewegte, hier aufzutauchen und sie nach der kurzen Nacht um ihr Mittagsschläfchen zu bringen.

Lilly war eifersüchtig, und wie!

Magda fragte sichtlich genervt: »Hat sich denn alles gegen mich verschworen?«

Lilly wollte Erklärungen, und die sollte sie bekommen. Nicht zu knapp und schonungslos, sondern mit Pauken und Trompeten würde sie ihrer Freundin die Wahrheit sagen!

»Lilly«, begann sie ihren Vortrag über Doppelmoral betont sachlich, »ich hatte soeben zufällig das zweifelhafte Vergnügen, mit dem Ehepaar Meinradt speisen zu dürfen. Fred ist glücklich verheiratet, und zwar mit einer gut aussehenden Frau namens Anna. Sie kommt aus Schweden, lebt auf Gotland und arbeitet dort in Visby als Lehrerin. Anna scheint übrigens eine äußerst angenehme Person zu sein. Sie und Fred haben außerdem einen gemeinsamen Sohn, der ebenfalls Arzt ist, sich aber von dem Beruf seines Vaters distanziert und etwas Vernünftiges macht. Verstehst du? Ich wollte einfach mal alleine sein, und da fiel mir der Italiener ein, den du mir empfohlen hast … für alle Fälle. Dass ich dort das Traumpärchen treffen würde, konnte ich nicht ahnen. So, das war's! Reicht das vorerst, oder soll ich dir noch mehr über das zweifelhafte Leben deines unappetitlichen Liebhabers erzählen?«

Sie ließ Lilly, die sie anstarrte wie ein Mitternachtsgespenst und zum Sprechen ansetzen wollte, nicht zu Wort kommen und powerte erbarmungslos weiter.

»Ich konnte ihn heute näher studieren. Er ist ein ungehobelter Klotz, der raucht und trinkt, ganz zu schweigen von seinen Tränensäcken samt Hängebrust und Truthahnhals. An diesem Mann ist nichts mehr knackig oder prall, am ehesten noch sein Geldsäckchen!«

Magda hielt in ihrem Redefluss inne und pustete laut und anhaltend durch.

Lilly starrte Magda ungläubig und mit offenem Mund an, dann wurde ihr Gesicht böse. Fieberhaft suchte sie nach Worten: »Du lügst und lässt dir immer wieder etwas Neues einfallen, um ihn mir madig zu machen. Das ist unfair, Magda, warum gönnst du mir diese Liebe nicht?«

»Es ist keine Liebe«, fuhr Magda nun im scharfen Ton fort. »Ruf ihn an bei *Giovanni*, jetzt, sofort! Ganz bestimmt ist er bei der zweiten Flasche Champagner und inzwischen affenscharf auf seine Frau. Er wird keine Zeit für dich haben.«

Magda wurde gefährlich bissig, und Lillys Augen zeigten pures Entsetzen.

Magda redete sich alles von der Seele, was sich in den letzten Tagen angestaut hatte, und machte endlich reinen Tisch.

Rücksichtslos fuhr sie fort: »Noch besser wäre es, wenn du gleich zu seinem Haus fahren würdest, dann lernst du Anna auch mal kennen und ihr könntet einen flotten Dreier zusammen machen, vielleicht hatten sie das noch nicht.«

Lilly nahm wortlos ihre Handtasche und verließ schnaubend vor Wut die Wohnung. Der nachhallende Türknall bewies, wie sauer sie war.

Ungerührt trank Magda den Kaffee, den Lilly stehen gelassen hatte, aus und fühlte sich so gut wie lange nicht.

Nun kannten alle Beteiligten endlich die Wahrheit, mit Ausnahme von Anna vielleicht. Aber Affären gehörten ja zum souveränen Agreement der Meinradts, und in ein paar Tagen war sie sowieso wieder auf Gotland.

Als Tim am Abend erstaunlich früh nach Hause kam und in das Gesicht seiner Frau sah, ahnte er sofort, dass etwas passiert sein musste. Schon am Vormittag hatte er eilig einen Strauß Rosen in die Wohnung gebracht in der Hoffnung, Magda etwas versöhnlicher zu stimmen. Die harten Worte ihr gegenüber taten ihm unsagbar leid.

Magda hatte sich nach Lillys sprödem Abgang etwas hingelegt und fühlte sich ausgeruht. Sie begann sofort, Tim alles zu beichten: das Treffen mit Phil, die Begegnung mit dem höchst undurchsichtigen Ehepaar Meinradt und der filmreife Auftritt von Lilly hier in der Wohnung.

Tim hörte ihr wider Erwarten zu, und als Magda verstummte, fragte er sie versöhnlich: »Aber bei uns ist doch alles wieder in Ordnung, Magda, ja?«

Nach einer innigen Umarmung und einem liebevollen Nasenstüber seinerseits gab sie sich geschlagen.

14

Lilly wusste nicht mehr, wie sie nach der Auseinanderset-
zung mit Magda nach Hause gekommen war. »Nach Hause«, das hörte sich gut an, und doch wusste sie, dass sie
kein Zuhause mehr hatte. Phil hatte ihr mit energischen
Worten klargemacht, dass er unter diesen Umständen
nicht mehr mit ihr unter einem Dach leben konnte. Nicht
einmal in der kleinen Gästewohnung im Gartengeschoss
durfte sie bleiben. Inzwischen wusste er auch von Magda, wer ihr geheimnisvoller Liebhaber war. Ehrlicherweise
musste Lilly bekennen, dass es nicht fair gewesen war, Phil
Hörner aufzusetzen. Trotzdem saß er am längeren Hebel
und sie in der Falle.

In aller Eile packte sie ein paar warme Kleidungsstücke
in die hübsche Reisetasche, die ihr Phil vor einem Jahr geschenkt hatte.

»Weiches, schönes Nappaleder, ein edles Teil«, hatte
damals die Verkäuferin gesagt und bei diesen Worten in
Lillys sehnsüchtige Augen geblickt. Phil hatte nicht einen
Augenblick gezögert, ihr diese sündhaft teure Tasche zu
kaufen, und plötzlich holte sie das schlechte Gewissen ein.

Hastig packte sie die bereits verstaute Wintergarderobe wieder aus. Ihr alter Koffer tat es auch. Diese Geste
fand sie moralisch anständig, genauso, wie ihren Wagen
nur halb voll zu tanken. Ein bisschen Stolz hatte sie ja
noch. Aber wo sollte sie bleiben? Sie glaubte plötzlich den

Aussagen von Magda, denn Fred hatte sich seit dem Fest nicht mehr gemeldet, was ungewöhnlich war. Sie musste alles daran setzen, ein schnelles Treffen mit Fred zu arrangieren. Aber wie kontaktierte sie ihn am besten? Und was wäre, wenn sich diese Anna, seine Frau, am Telefon meldete oder ihr die Haustür öffnete? Würde Lilly dann einen Auftritt wie in einem Eifersuchtsdrama hinlegen? Nein, mit Vorwürfen durfte sie Fred nicht überhäufen, dann hätte sie schlechte Karten. Peinlich wäre das! Dieser Mistkerl war verheiratet und machte ihr Hoffnungen! Wie lächerlich sie jetzt dastand!

Sie dachte angestrengt nach. Hatte Fred ihr wirklich Hoffnungen gemacht? Die Gemeinsamkeiten beliefen sich nur auf Sex, und darin war er eine Granate, das musste sie ehrlich zugeben. Ab und zu waren sie bei diesem Italiener zum Essen, doch die Pastagerichte hingen ihr schon zum Halse heraus. Und Champagner? Den trank sie inzwischen wie Wasser! Zu allem Unglück hatte sie gut drei Kilo zugenommen und kam sich wie eine italienische Mamma vor. Die Pfunde konnte sie selbst beim heftigen Liebesspiel mit Fred nicht mehr herunterarbeiten.

»Nein«, sagte sie laut: »Hoffnungen habe ich mir gemacht und nicht er mir!«

Lilly schleppte den wahllos mit Kleidern vollgestopften Koffer in ihr Auto und fuhr schnell vom Hof. Sie wollte jetzt auf keinen Fall Phil begegnen. Seine vorwurfsvollen Augen könnte sie im Augenblick nicht ertragen, genauso wenig wie den Abschiedsschmerz.

Sie wollte noch kurz zur Bank, um etwas Geld abzuheben, entschied sich aber kurzfristig anders und fuhr auf direktem Weg in die Praxis, wo sie wenigstens vorläufig bleiben konnte, bis sie zu Fred ..., schnell unterbrach sie diesen hoffenden Gedanken.

Lilly kam nicht darum herum, auch Betty die verfahrene Situation zu erklären. Sie würde Augen machen!

Doch wenigstens musste sie Phil nicht um ein Almosen bitten, denn sie hatte genügend Geld auf ihrem eigenen Konto. Großzügig war Phil immer gewesen. Er verdiente als Anwalt recht gut, und so konnte sie ihr gesamtes monatliches Einkommen für eigene Wünsche ausgeben. Hatte nicht Magda schon immer geunkt: *Wenn es dem Esel zu gut geht, geht er aufs Glatteis!*

Im Augenblick hatte Lilly das Gefühl, dass das Eis nun schon zu schmelzen begann und sie nasse Füße bekäme, wenn Fred sie nicht aus der Pfütze ziehen würde.

Sie parkte ihren Wagen auf einem Stellplatz, der zur Praxis gehörte, korrigierte aber das Parkmanöver sofort, um mit dem Kofferraum zur Hauswand zu stehen. Nicht jeder sollte sehen, dass sie wie ein Dieb mit einem vollgepackten Koffer in ihre eigene Praxis schlich. Sie hievte das schwere Gepäckstück aus dem Auto und suchte so diskret wie möglich die Arbeitsräume auf.

Der kleine Aufenthaltsraum mit der Liege und der Waschmöglichkeit mussten vorerst ausreichen. Erleichtert blieb ihr Blick kurz an dem neuen Kaffeeautomaten hängen, den Betty und sie vor einigen Wochen zusammen gekauft hatten. Dann setzte sie sich auf die Kante der ausgedienten Massagepritsche, und die Tränen flossen ihre Wangen herab. Noch nie hatte sie sich so verlassen gefühlt. Ihre heile Welt war über Nacht zusammengebrochen: kein Phil mehr, keine Freunde mehr. Und Fred, mit dem sie sich eine Zukunft hätte vorstellen können, war bereits vergeben. Ob er sich für sie scheiden lassen würde? Hoffnung stieg in ihr auf und Angriffslust erfasste sie. Warum nicht? Sie würde ihn vor eine Entscheidung stellen! Lilly spielte an ihrem Handy herum. Die Versuchung, mit ihm Verbindung aufzunehmen, wurde immer größer.

Offiziell wusste sie aber gar nicht, dass seine Frau bei ihm war. Warum musste ihr diese redselige Magda auch unbedingt davon erzählen? Das war unnötig! Oder doch nicht?

Lilly brachte nicht den Mut auf, Fred anzurufen und dumme Dinge zu sagen. Verärgert warf sie das kleine Telefon in den Wäschekorb neben sich, der vor benutzten Handtüchern schon überquoll. Dann erhob sie sich von ihrer Pritsche, hängte entschlossen ein paar Kleidungsstücke auf und bereitete sich mit ein paar Decken ein Nachtlager vor. Im Kühlschrank fand sie noch Mineralwasser, Cola und eine Flasche Wodka. Die war eigentlich für Patienten gedacht, die mal schlappmachten. Nun machte sie schlapp. Sie schenkte sich Wodka in ein Wasserglas ein und trank ihn in kleinen Schlückchen leer. Langsam fühlte sie sich wieder in der Lage, ihre Gedanken zu ordnen.

Ein Blick in das Terminbuch zeigte ihr, dass Betty um vier Uhr nachmittags den letzten Patienten gehabt hatte und die Praxis somit geschlossen war. Die Tatsache, dass morgen Samstag sein würde, ließ sie jedoch wieder in ihrer Traurigkeit versinken. Irgendwie musste sie das grausige Wochenende überstehen, irgendwie!

Was Phil wohl so allein zu Hause machte, alleine, ohne sie? Trotzig versuchte sie zu verstehen, warum er sie auch gleich vor die Tür setzen musste. Man hätte sich doch arrangieren können. Aber nein, so war Phil nicht. Er hatte zu viele Ehen kaputtgehen sehen und scheiden müssen. Kein Wunder, dass er für klare Verhältnisse war.

Phils Gesicht verblasste langsam, und sie sah nur noch Fred vor Augen. Sehnsucht ergriff sie, und in Gedanken träumte sie sich in sein feudales und mit Goldarmaturen versehenes Badezimmer, wo sie unter dem warmen Duschstrahl stand. Er hob sie hoch, und während sie lustvoll ihre Beine um seinen Körper schlang, drang er in sie ein. Sie schloss ihre Augen … sein heißer Atem war so nah, seine sonore Stimme …

Aber sie lauschte vergebens, Fred war nicht da.

Nun war diese andere Frau bei ihm! Seine Frau! Lilly weinte sich in den Schlaf.

Als Lilly am Samstagmorgen erwachte, fühlte sie sich benommen von ihren Sorgen und dem Alkohol. Sie musste aktiv werden. Auf jeden Fall brauchte sie eine kleine Wohnung, um neu durchzustarten, mit oder ohne Fred, aber ganz bestimmt nicht mit Phil, der sie zum Teufel gejagt hatte.

In aller Frühe telefonierte sie mit Betty, die wegen der Neuigkeiten beinahe aus ihrem Bett fiel und sie sofort zum Frühstück einlud.

»Mit dem Doktor und dir, Lilly, das ahne ich schon lange. Aber ich habe gehofft, dass du zur Besinnung kommst«, war der einzige Tadel, den sie zu hören bekam. Ohne weitere Vorwürfe oder Fragen akzeptierte die gute, alte Betty mit ihrem sonnigen Gemüt Lillys vorläufige Praxisbelagerung.

»Notfalls kannst du bei mir auf der Couch schlafen. Die Patienten müssen ja nichts mitbekommen«, schlug

Betty als Alternative vor, was Lilly jedoch dankend ablehnte.

Sie genoss die Gegenwart von Betty, die sie bemutterte wie ein Kind. Duftender Kaffee, frische Brötchen, selbst gemachte Marmelade und … kein Wort der Verärgerung über ihren Ehebruch. Den ganzen Tag verbrachten beide mit belanglosen Dingen, die Lilly von ihren Sorgen ablenkten, und schließlich nahm sie Bettys Angebot doch an, über Nacht zu bleiben. Am Sonntag würden sie gemeinsam die Buchhaltung für den Steuerberater vorbereiten.

In der Nacht von Sonntag zu Montag wollte Lilly eigentlich erneut auf der Pritsche in der Praxis übernachten. Nachdem sie beim gemeinsamen Kartenspiel mit Betty allerdings einige Gläser Wein zu viel getrunken hatte, nickte sie auf der Couch ein und wachte ausgeruht am Montagmorgen auf.

Sie war glücklich darüber, dass sie das Wochenende so gut überstanden hatte. Auf der anderen Seite gab es ihr zu denken, dass sie offenbar kein Mensch vermisst hatte, nicht einmal Fred. Immer wieder überprüfte sie ihr Handy auf verheißungsvolle Nachrichten von ihm, doch nichts passierte.

Lilly musste sich sputen. Sie hatte bereits um 8.30 Uhr einen ersten Massagetermin festgelegt, nichtsahnend, dass sich an einem Wochenende die Welt und damit auch ihr Leben verändern sollte.

Betty wollte in einer Stunde nachkommen, vorher aber noch den Monatsabschluss in der Steuerkanzlei abgeben.

15

»Die hat mir am Montagmorgen gerade noch gefehlt«, murmelte Lilly ärgerlich, als sie eine von Bettys Patientinnen vor der Praxistür stehen sah. Die Frau registrierte missmutig ihre Verspätung.

Lilly grüßte freundlich: »Guten Morgen, Frau Brand, Sie sind zu früh. Betty erwartet Sie erst um neun Uhr, aber Sie dürfen gerne herein...«

»Ich möchte zu Ihnen, Frau Haysch, und ich möchte von Ihnen behandelt werden. Sie werden staunen, wenn ich Ihnen erzähle, warum ich das möchte«, unterbrach sie Lillys freundliches Entgegenkommen.

Das forsche Auftreten dieser Dame irritierte Lilly. Sie hatte Frau Brand als recht umgänglich und bescheiden in Erinnerung. Leicht verunsichert fragte sie deshalb höflich nach den Gründen für dieses unfreundliche Verhalten.

Gerda nahm ihren ganzen Mut zusammen und setzte triumphierend zum ersten Dolchstoß an: »Sie kennen doch Herrn Dr. Meinradt gut, besser gesagt, sehr gut! Ich bin seine Hauswirtschafterin, seine Perle, wenn Sie wissen, was ich meine!«

Lilly war mit einem Mal hellwach und erfasste sofort die Situation. Mit diesem Auftritt glänzte die Perle hier aber ganz und gar nicht! Sie verschränkte die Arme über der Brust, warf ihre Locken in den Nacken und lauerte angespannt auf das, was ihr Gegenüber vorzutragen hatte.

Lilly wusste, dass dieser einfältige Menschenschlag oftmals mit einer dreisten Bauernschläue in die Welt geboren wurde und gefährlich werden konnte. Sie musste also auf der Hut sein und durfte den Bogen nicht überspannen. Der Pfeil konnte nach hinten losgehen.

Gerda, die auf eine entsetzte Reaktion von Lilly gehofft hatte, wurde nervös und spürte, dass sie schnell handeln und die nächste Karte ausspielen musste. Sie setzte nun alles auf das Ass in ihrem Ärmel. Mit einem schnellen Handgriff zog sie das peinliche Foto aus der billigen Plastiktüte, die sie bis jetzt fest an ihren Körper gepresst hatte, und hielt es ihrer Kontrahentin triumphierend unter die Nase.

Auf alles war Lilly gefasst gewesen, aber nicht auf das, was sie gerade vor sich sah. Nach einer Schrecksekunde hatte sie sich wieder im Griff, und ihr wurde schlagartig klar, worauf diese törichte Person hinauswollte. Sie wusste selbst nicht, woher sie die Kraft nahm, ihr offensiv entgegenzutreten.

Mit einem versonnenen Blick auf das Foto begann Lilly zu schwärmen: »Ja, Frau Brand, das war ein berauschender Nachmittag, und ich denke gerne daran zurück. Aber im Moment ist Anna zu Besuch, seine überaus freundliche und besonnene Frau. Ich muss mich wohl etwas in Geduld fassen.«

Lilly wusste, dass sie sich mit ihren Worten auf verdammt dünnem Eis bewegte, doch egal wie, sie musste die Flucht nach vorne antreten.

Gerda schaute, als hätte sie soeben eine schallende Ohrfeige bekommen. Diese Liliane Haysch war ihr schon immer zuwider gewesen, und nun wagte es dieses Biest auch noch, sie derart arrogant zu behandeln. Hatte sie denn ihrem Mann gegenüber keine moralischen Bedenken? Ein letzter Vorstoß würde sie sicherlich von ihrem hohen Sockel reißen.

Lauernd fragte sie: »Was würde denn Ihr Mann zu solch einer Aufnahme sagen?« Aus Gerdas Stimme klang Häme und Triumph.

»Fragen Sie ihn doch am besten selbst. Sie finden seine Telefonnummer in jedem Telefonbuch. Lassen Sie sich einen Termin geben und halten Sie mich bitte nicht weiter auf, ich habe zu tun«, gab sie Gerda zu verstehen.

Lillys Gedanken überschlugen sich. Sie durfte vor dieser Hexe jetzt keine einzige Schwäche zeigen. Es wäre fatal, wenn dieses obszöne Bild in die Öffentlichkeit gelangen würde. Phil war ein prominenter Rechtsanwalt aus einer angesehenen Advokatenfamilie, auf die ihr Schwiegervater zu Lebzeiten immer wieder und voller Stolz hingewiesen hatte. Nein, das durfte sie Phil nicht antun. Auch Fred und sie selbst würden zur Lachnummer – ja zum Gespött – der ganzen Stadt werden.

Unschlüssig stand Gerda vor ihr. Sie zögerte, denn so schnell wollte sie die Aussicht auf das große Geld nicht aufgeben. Ihrer Meinung nach zeigte die Haysch nur oberflächlich Stärke und zitterte innerlich wie Espenlaub.

Lilly kochte vor Wut. Was bildete sich diese graue Maus ein?

Geradeheraus fragte sie: »Wollen Sie mich erpressen?« Angriffslustig musterte sie Gerda von oben bis unten, und ihr Blick blieb an einem ausgetretenen Paar Mokassins hängen. »Dann sollten Sie schleunigst das Weite suchen. Im Moment würden Sie noch mit einem blauen Auge davonkommen. Seien Sie froh, dass ich nicht die Polizei einschalte!«

Gerda überdachte blitzschnell ihre Situation. Noch wollte sie nicht aufgeben und die Chance ihres Lebens dahinziehen lassen. Sie spürte, dass ihr leichter Vorsprung geringer wurde. Sie musste handeln, und zwar sofort.

»Hören Sie mir jetzt gut zu, liebe Frau Haysch«, säuselte sie zuckersüß. »Mit der Polizei können Sie mir nicht drohen, die würde sich doch über dieses Foto nur amüsieren, ebenso wie die Presse.«

Unbeeindruckt legte sie nun ihren Plan vor: »Ich mache Ihnen ein faires Angebot. Sie bekommen das Foto, und im Gegenzug beschaffen Sie mir fünfzigtausend Euro, aber bitte in kleinen Scheinen, mit den großen hatte ich bisher zu wenig Umgang.«

Sie kicherte gehässig und fuhr fort: »Die Übergabe wird heute elf Uhr stattfinden! Das sollte Ihnen zeitlich reichen. Im Abwimmeln von Patienten haben Sie ja inzwischen Übung. Wenn Sie tun, was ich verlange, dann wird kein Mensch je von dieser Abmachung und von der obszönen Aufnahme erfahren. Haben wir uns verstanden?«

Lilly hatte inzwischen sehr gut verstanden. Sie hatte keine andere Wahl. Sie musste dieses verdammte Spiel mitmachen. Diese Kriminelle war zu allem bereit, sie war furchtlos und in ihrem Tun nicht mehr aufzuhalten. Sie ging aufs Ganze und hatte, im Gegensatz zu ihr, nichts zu verlieren.

Die Angst brachte Lilly fast um den Verstand. Sie spürte die Feuchtigkeit unter den Achseln. Nein, diese verdammten Schweißausbrüche! Was konnte sie tun, um diesem Erpressungsversuch zu entgehen? Das Foto durfte auf keinen Fall in die Öffentlichkeit gelangen, niemals. Sie zwang sich zur Ruhe, obwohl sie die Brand am liebsten in den glühend heißen Fango gestoßen hätte.

Ein letztes Mal mobilisierte sie ihre Kräfte und ging mit energischen Schritten auf ihre Kontrahentin zu. »Wie sind Sie eigentlich an das Foto gekommen, und warum ist es geklebt? Sollte vielleicht Dr. Meinradt an meiner Stelle erpresst werden? Haben Sie sich in der Adresse geirrt oder gar bei ihm geschnüffelt? Und woher weiß ich, dass Sie mir das Foto aushändigen, wenn ich Ihren schmutzigen Vorschlag annehme? Vielleicht haben Sie auch Kopien davon. So kriminell, wie Sie sind, traue ich Ihnen das zu. Was Sie treiben, ist Rufmord!«

»Ich bin nicht krimineller als jeder andere Mensch auch, und den Rufmord zu vermeiden, liegt bei Ihnen«, höhnte Gerda und grinste Lilly triumphierend an.

»Den Ort der Übergabe können Sie bestimmen«, sagte Gerda großzügig, »aber bitte, machen Sie keine Dummheiten. Das Foto werde ich Ihnen erst geben, wenn ich das Geld in meinen Händen halte und damit die Stadt verlassen habe. Womöglich kommen Sie sonst noch auf die Idee, unseren Herrn Doktor einzuschalten. Das werden Sie bestimmt verstehen, Sie sind ja eine intelligente Frau, oder?«

Gerda zelebrierte jedes Wort mit Genugtuung. Die Haysch hatte angebissen! Sie frohlockte. Ein nie da gewesenes Hochgefühl tat sich auf, denn sie war fast am Ziel ihrer geheimsten Wünsche.

»Ich habe so viel Geld nicht auf dem Konto«, wagte Lilly einen letzten Versuch.

»Diese dumme Ausrede können Sie sich schenken. Bestimmt hat Ihnen Ihre Bank einen großzügigen Überziehungskredit eingeräumt, das machen die bei feinen Damen doch so. Ansonsten leiht Ihnen bestimmt Ihr gut betuchter Ehemann etwas Geld, oder Sie bitten Ihren aalglatten Liebhaber darum.«

Unerschrocken richteten sich Gerdas kleine, listige Augen auf Lilly, die sich angewidert abwandte.

Sie brauchte mehr Zeit, um einen Ausweg zu finden, aber wo sollte sie die hernehmen? Konnte sie sich Magda anvertrauen, die so etwas sicherlich rational löste? Aber Magda würde ihr womöglich raten, die Polizei einzuschalten, und das konnte Lilly nicht tun. Phil arbeitete als Anwalt eng mit der Polizei zusammen, und der leitende Direktor war neulich mit seiner holden Gattin, die die Fahne der Moral besonders hoch hielt, bei ihnen zum Abendessen gewesen. Unvorstellbar, der Gedanke! Nein, sie musste für sich alleine kämpfen, sie musste auf den Deal eingehen. Was blieb ihr also anderes übrig, als sich von ihrem sauer verdienten Geld zu trennen, während Fred es im Überfluss hatte? Wie konnte er überhaupt so dumm und nachlässig mit dem Erpresserfoto umgehen? War er von allen guten Geistern verlassen? Dieses leichtsinnige und stümperhafte Verhalten ärgerte sie maßlos. Sie durfte ihn nicht einmal zur Rechenschaft ziehen, weil seine *Perle* dann mit dem Foto an die Presse gehen würde, schließlich waren Phil und er bekannte Persönlichkeiten.

Resignation war für Lilly bisher ein Fremdwort gewesen, und sie hatte Mühe, Worte wie diese über ihre Lippen zu bekommen: »Kommen Sie um elf Uhr in das kleine Stehcafé hier um die Ecke. Ich gebe Ihnen das Geld. Aber ich rate Ihnen, sich hier nie wieder blicken zu lassen. Gnade Ihnen Gott, wenn …«

»Keine Bange, liebste Frau Haysch. Ich verschwinde und bevorzuge dabei wärmere Gefilde, dank Ihrer Einsicht, das Geld bereitzustellen. Sie haben nichts mehr zu befürchten, wenn Sie brav sind. Und noch etwas: Das hässliche Wort *Erpressung* sollten Sie durch *Abmachung* ersetzen, das klingt doch viel geschäftlicher.«

Lilly stand wie in Stein gemeißelt da, unfähig sich zu wehren.

Den Plastikbeutel mit dem Foto noch immer eng an ihre Brust gepresst, huschte Gerda lautlos hinaus, vorbei an Betty, die ihr erstaunt nachsah.

»Was wollte die denn von dir?«, fragte sie neugierig.

»Sie hat alle Termine abgeblasen, sie zieht weg.«

Dann wandte sie sich ab, damit Betty ihr schneeweißes Gesicht nicht sah, aus dem jeglicher Blutstropfen entwichen war.

»Kannst du meinen Patienten übernehmen? Ich brauche dringend einen Kaffee.«

Betty nickte stumm und stellte wie immer keine weiteren Fragen.

16

Der junge Bankangestellte hinter dem Schalter begrüßte Lilly mit einem fröhlichen: »Guten Morgen, Frau Haysch, hatten Sie ein schönes Wochenende?« Lilly ignorierte diese freundlichen, in ihren Augen aber eher provozierenden Worte und tat sehr geschäftig.

»Ich möchte von meinem Überziehungskredit Gebrauch machen ... für eine Investition ... benötige ich fünfzigtausend Euro. Und bitte schnell, ich bin sehr in Eile«, sagte sie unmissverständlich.

Bildete sie es sich nur ein oder zog der Angestellte erstaunt seine Augenbrauen nach oben, als sie die Summe nannte? War er überrascht von dem Wunsch seiner Kundin? Er verschwand hinter einer ominösen Milchglastür, kam aber eine kurze Zeit später, die Lilly wie eine Ewigkeit erschien, zurück.

Mit einem smarten Bankerlächeln schob er leise zählend den Betrag in gebündelten Scheinen durch den schmalen Schalterschlitz und wünschte ihr noch »einen schönen Tag«, was ihr wie ein schlechter Witz erschien.

Es schmerzte Lilly, das Geld für ein paar bunte, stümperhaft zusammengeklebte Papierfetzen hergeben zu müssen, aber sie war erleichtert, dass der peinliche Vorgang in der Bank ohne großes Aufheben abgelaufen war.

Der Deal mit der Brand war um 11.08 Uhr abgeschlossen, und Lilly nahm sich den Rest des versauten Montags frei. Ende der Woche, wenn diese furchtbare Person endlich außer Reichweite war, würde sie das Foto von ihr erhalten. »Hoffentlich«, betete sie.

Nichts war mehr so wie vorher. Wie ein Stachel schmerzte sie die traurige Erkenntnis, dass sie sich selbst angreifbar gemacht hatte. Was wohl Phil dazu sagen würde, oder Magda und Tim? Alle drei würden sie für verrückt erklären, womit sie nicht einmal unrecht hätten. Dabei wollte Lilly mit dem Deal doch nur Schlimmeres verhindern! Sie war das Opfer einer perfiden Erpressung durch eine hinterhältige Putzfrau geworden, die es geschafft hatte, ihr Konto zu plündern. Damit musste sie erst einmal fertig werden. Das Leben musste weitergehen. Nur wie? Ihr Verhältnis mit Fred hatte sich als sehr teures Vergnügen entpuppt! Sie hatte Magdas Rat, es bei einem Seitensprung zu belassen, euphorisch in den Wind geblasen. Es war zu spät!

Mit gewohnten Handgriffen bereitete Lilly ihren neuen Arbeitstag vor.

»Erst Dienstag«, stöhnte sie.

Eine lange Woche lag noch vor ihr. Sie war froh darüber, dass Jörg, ein fröhlicher und immer zu Späßen aufgelegter Student, heute Morgen ihr erster Patient sein würde. Dieser junge Mann würde ihr nach dem gestrigen Albtraum guttun.

Doch auch er schien sich nicht wohlzufühlen. Als er bei Lilly durch die Tür trat, machte er ein sehr unglückliches Gesicht. Sie wusste, dass er Dauerstress mit seiner Freundin hatte, und wagte kaum, nach seinem Befinden zu fragen. Dennoch versuchte sie, ihn mütterlich aufzubauen.

»Na, auch Sorgen?«

Er schaute sie traurig an und zuckte mit den Schultern. Bekümmert dachte sie darüber nach, warum sich eigentlich kein Mensch nach ihren Sorgen erkundigte, während sie Jörg wortlos mit kräftigen Griffen durchwalkte.

Zum Abschied lächelte er schon wieder und machte ihr ein Kompliment: »Heute waren Sie aber besonders gut drauf!«

17

Während Gerda beim Frühstück sass und ein dick mit Pflaumenmus bestrichenes Brot gierig hinunterschlang, fragte sie sich immer wieder, was sie gestern geritten hatte, sich so einem gefährlichen Fahrwasser auszusetzen. Aber mit diesem Plan, den sie bis ins kleinste Detail zu Ende bringen würde, fing ihr neues Leben an.

Die große, weite Welt tat sich auf, eine verheißungsvolle Zukunft. Denn mit ihrer Rente und dem Geld von Liliane Haysch in ihrer Tasche würde sie wie die feinen Leute in Saus und Braus auf Mallorca leben können. Über Nacht war sie zu einer vermögenden Frau geworden und damit auch begehrenswert.

Otto hätte sie jetzt bestimmt geheiratet. Aber er war leider kein Teil ihres Lebens mehr, doch der Gedanke an ihn schmerzte noch immer. Wie verrückt sie einmal nach ihm war! Verliebte Frauen kamen stets auf die unmöglichsten Ideen.

Zu gerne hätte sie damals gewusst, ob Otto ein guter Liebhaber war, auch wenn sie selbst nicht in den Genuss seiner Künste gekommen wäre. Neugierig und von Eifersucht gequält hatte Gerda stundenlang bei Eis und Kälte auf ihrem kleinen Balkon ausgeharrt, um von dort aus einen Blick in seine Wohnung zu erspähen, wenn er Damenbesuch hatte. Aber die schweren Vorhänge an seinem Fenster gaben niemals die Sicht auf seine Liebespraktiken frei. Außer einer schlimmen Erkältung, die ihr im Nachhinein wie eine gerechte Strafe vorkam, hatte ihr diese Aktion gar nichts gebracht. Nur das helle Lachen seiner Freundin, welches aus dem Schlafzimmer zu ihr herüberschallte, hatte sie noch schmerzlich in den Ohren. Sie fühlte sich damals verhöhnt und ausgelacht, überflüssig in der Welt, die sie schon lange nicht mehr begreifen konnte.

Tausend Gedanken gingen Gerda durch den Kopf. Wieso war es in den Fernsehfilmen immer so einfach, den untreuen Ehemann zu erpressen, der ohne zu zögern eine Million lockermachte, um heil aus seiner heimlichen Affäre herauszukommen und sich dann standesgemäß eine neue Geliebte zu nehmen. Hätte sie die doppelte Summe verlangen können? Nein, sie war zufrieden. Alles war bestens gelaufen. Sie hatte das Geld, und die feine Frau Haysch würde das verhängnisvolle Foto in wenigen Tagen erhalten, während sie selber schon unter der wärmenden Sonne Mallorcas lag. Wie sie gezittert hatte, diese Lilly, als sie ihr das Kuvert mit dem Geldbündel übergab … Ha, das würde ihr noch lange in den Knochen stecken.

Nun musste sie lediglich bei Herrn Dr. Meinradt kündigen. Anständig wollte sie sich von ihm verabschieden, schließlich hatte sie ihm indirekt das große Geld zu verdanken. Und Fanny? Die würde liebend gerne den gut bezahlten Job bei den Meinradts annehmen, das hatte sie längst bemerkt. Gleich Morgen würde sie mit Herrn Doktor darüber reden.

Fred verstand die Welt nicht mehr. Seine Gerda ließ ihn im Regen stehen, und das so kurzfristig, an einem ganz gewöhnlichen Mittwochmorgen.

»Ich gehe weg, der Liebe wegen, Herr Doktor«, log sie verlegen und wurde sofort rot dabei.

Er starrte sie an, als würde er sie zum ersten Mal als Frau betrachten und nicht als einen persönlichen Gegenstand.

»Wer ist denn der Glückliche?«, fragte er scheinbar interessiert.

»Er heißt Otto, und wir kennen uns schon eine Weile«, erwiderte sie nicht ohne Stolz.

»Gratuliere! Aber was mache ich denn nur ohne Sie?«

Es tat Gerda gut, ihn so aufgelöst zu sehen. Glücksgefühle kamen in ihr auf. Sie wusste schon immer, dass sie unentbehrlich war, aber jetzt war es zu spät!

»Fanny macht genau dort weiter, wo ich aufgehört habe. Sie erledigt ihre Arbeit sehr gut und kennt sich in Ihrem Hause aus.«

Fred griff spontan in seine Brieftasche und entnahm einen Fünfhunderteuroschein: »Danke für Ihre Loyalität in all den Jahren und lassen Sie mal was von sich hören, Gerda.«

»Das kann ich nicht annehmen, Herr Doktor«, errötete sie erneut und griff dennoch gierig nach dem Schein.

Er nahm sie flüchtig in die Arme und drückte sie kurz.

Es war Gerdas erster Flug, und als der Airbus 320 am Samstagnachmittag bei milden zwanzig Grad in Palma de Mallorca landete, atmete sie erleichtert auf.

Sie hatte ein gutes Gefühl. Hier würde sie ein neues Leben beginnen – ob mit oder ohne Otto –, in jedem Fall mit viel Geld.

Immer wieder zog sie den kleinen Taschenspiegel aus ihrer neu erworbenen echten Lederhandtasche hervor und betrachtete ihr verändertes Aussehen mit Genugtuung: Das schicke knallrote Kostüm saß perfekt, und ihr neuer Kurzhaarschnitt gefiel ihr ausnehmend gut. Sie hätte sich längst von ihren grauen, strähnigen Haaren trennen sollen, aber für wen? Sogar zwei Lippenstifte hatte sie nach eingehender Beratung in einer vornehmen Parfümerie erworben. Sie hatte sich zwischen den beiden Farbnuancen nicht entscheiden können und kurzentschlossen einfach beide gekauft. Gott sei Dank hatte sie ihre Ohrclips mit den echten Perlen aus den Sechzigern aufbewahrt, die machten sich richtig gut zu der neuen Frisur. Nur mit hohen Absätzen, wie sie diese Haysch immer trug, hatte Gerda Probleme. Aber auf ihren neuen schwarzen Lederschuhen mit Blockabsatz konnte sie gefestigten Schrittes in ein sicheres Leben laufen.

Von wegen einfältige Putzfrau. Sie hatte es allen gezeigt, dem Herrn Doktor und dieser hochnäsigen Lilly. Selbst Fanny hatte den Hut vor ihr gezogen und bewundernd gesagt: »Du hast aber Mut, ganz alleine und ohne Geld. Da bist du doch verloren auf dieser Insel.«

»Eine Perle wird überall gebraucht, Fanny.« Dann gab sie ihr noch nützliche Tipps für das ehrenwerte Haus des Herrn Dr. Meinradt, umarmte ihre Freundin und flog mit nur einem einzigen Gepäckstück der Sonne entgegen.

18

»Magda, ich habe mich mit Phil verabredet, wir wollen eine Fahrradtour zusammen machen. Hast du Lust, mitzukommen?«, fragte Tim mit der größten Selbstverständlichkeit und tat so, als hätte es Lilly nie gegeben.

»Nein, danke. Aber es war gnädig von dir, mich zu fragen«, erwiderte Magda schnippisch. »Sport artet bei euch beiden immer in albernes Konkurrenzdenken aus!«

Tim schaute sie verwundert an.

»Wie soll ich denn diesen provozierenden Kommentar verstehen?«

»Na ja ... Wer bezwingt beim Radeln zuerst den steilen Berg? Die Points beim Tennisspielen sind lebenswichtig, und beim Schwimmen muss immer einer der Erste sein. Das geht mir auf den Keks!«

Tim schüttelte verständnislos den Kopf.

»Dein Verhalten geht mir auch auf den Keks. Aber Lilly ist nun einmal nicht mehr da. Soll ich deswegen den Trauerflor hissen?«

Er hatte Magdas wunden Punkt getroffen.

»Komm, Liebes, es ist Sonntag, und wir haben wunderschönes Herbstwetter. Phil und ich nehmen Rücksicht auf dich, versprochen«, munterte er sie auf.

Magda ließ sich breitschlagen und traute ihren Augen nicht, als vor der Haustür bereits Marion und Phil mit ihren Rädern warteten. Selbst Tim schien perplex zu sein.

Magda fand, dass er die Überraschung mit übertriebenem Charme und aufgesetzt guter Laune herunterspielte. Sein Imponiergehabe entlockte ihr ein spöttisches Lächeln, das er zu deuten wusste. Er fühlte sich entlarvt.

Magda ärgerte sich.

Kaum tauchte ein neuer Rock auf – in diesem Fall Marions unverschämt enge Radlerhose –, zeigten die Herren der Schöpfung ungewöhnliche Seiten.

Die Tatsache, dass Phils Geschäftspartnerin aufgeschlossen und überaus freundlich war, täuschte nicht darüber hinweg, dass ihr Lilly fehlte. Wo sie wohl steckte an diesem milden Sonntag? Bei Fred bestimmt nicht, der war mit Anna beschäftigt.

Phil machte kein großes Aufheben von Marions Gegenwart. Sie plauderten und wirkten beide sehr gelöst. Der Anflug eines kleinen Geheimnisses oder aufkeimende Verliebtheit waren für Magda allerdings nicht erkennbar. Wahrscheinlich waren die beiden wirklich nur gute Freunde und Geschäftspartner.

Sie beruhigte sich etwas, während sie tapfer neben einer konditionsstarken Marion in die Pedale trat. Zwischendurch ließ Magda sie ein paar Meter vorfahren und bewunderte ihre tadellos durchtrainierte Figur. Kräftige, braun gebrannte Waden, kein einziges Fettpölsterchen, und unter dem blau-weißen Fahrradhelm schaute frech ein kurzer, blonder Pferdeschwanz hervor. Sie hatte inzwischen ihre dünne Regenhaut abgelegt, und ein eng anliegendes, pinkfarbenes T-Shirt ergänzte ihr sportliches Outfit.

»Sie will gefallen, und das gelingt ihr«, dachte Magda geringschätzig.

Es wurde ein richtig schöner Nachmittag, und Magda war froh, dass sie bei der Fahrradtour nicht gekniffen hatte. Und an Lilly hatte sie auch nicht mehr gedacht.

»Wir sollten öfter gemeinsam etwas unternehmen, nicht wahr?«, schlug Marion bei der Verabschiedung vor und umarmte Magda freundschaftlich.

Als Tim und Magda ihre Fahrräder in den Keller brachten, murmelte Magda vor sich hin: »Marion will mehr von Phil, als nur mit ihm sinnlos in der Gegend herumzustrampeln. Vergeudete Zeit für beide.«

Darauf hatte Tim gewartet, auf fragwürdige Kommentare seiner Frau!

»Ist das mal wieder dein siebter Sinn?«, fragte er verärgert. »Warum hören Frauen immer das Gras wachsen?«

»Nein, mein gesunder Menschenverstand verrät mir das! Eine fantastisch aussehende Frau, eine junge Frau dazu, ein nicht zu verachtender Phil, dem gerade die Frau durchgebrannt ist. Hier läuft der ganz normale Wahnsinn ab!«

»Niemals!«, war Tim felsenfest überzeugt. »Außerdem steht Phil nicht auf so eine mäßige Oberweite.«

Magda staunte nicht schlecht über den fachmännischen Blick ihres Ehemannes.

»Typisch, da schaut ihr Männer immer zuerst hin.« Liebend gerne hätte sie Marion etwas von ihrer Üppigkeit abgetreten.

»Lassen wir uns doch einfach überraschen«, beendete Magda hartnäckig das Duell.

Doch diesmal hatte Tim das letzte Wort: »Da wird es keine Überraschung geben. Phil liebt seine Lilly immer noch, leider!«

Magda versetzte sich noch einmal in diesen schönen Nachmittag zurück: Liebe hin oder her! Phil sollte Marion ja nicht gleich heiraten, aber eine Nacht mit ihr würde ihm vielleicht ganz guttun ... Doch schnell verwarf sie diesen Gedanken wieder und nahm sich vor, Lilly in den nächsten Tagen zu erreichen, egal wie und wo. Sie könnte unter dem Vorwand anrufen, dringend Massagetermine vereinbaren zu wollen, weil ihr Rücken mal wieder unter der Last der vielen Probleme streikte.

»Tim, vielleicht kommen Lilly und Phil ja doch wieder zusammen«, wagte sie zu hoffen.

»Du glaubst auch noch an den Weihnachtsmann«, belächelte er sie gnädig.

»Ja, ich glaube noch an den Weihnachtsmann, und ich schäme mich keineswegs dafür.«

Ganz oben auf ihrem geheimen Wunschzettel stand die Versöhnung von Phil und Lilly, und sie betete jeden Abend dafür, damit dieser Wunsch in Erfüllung ginge. Aber das konnte sie Tim nicht auch noch verraten, denn es würde seine Logik übersteigen!

19

Lillys Herzschlag setzte für ein paar Sekunden aus, als sie auf dem Display ihres Handys Freds Namen las.

»Herr Mertens, ein wichtiger Anruf, ich komme sofort wieder«, entschuldigte sie die Unterbrechung der Massage. Selbst aus tiefster Narkose wäre sie bei diesem Anruf erwacht.

»Lilly, mein Schatz, was treibst du?«, fragte er leise durchs Telefon und hinterließ dabei einen aufgeräumten Eindruck.

Ihr wurde heiß, als sie seine vertraute Stimme vernahm. »Ich arbeite, Fred«, gab sie sachlich zu bekennen, als würde sie gerade einen Termin im Wochenkalender vergeben. Die Freude über seinen Anruf war ihr gründlich vergangen. Der Schock über die Erpressung steckte ihr noch immer tief in den Knochen. Zum Glück hatte sie inzwischen per Einschreiben das Foto bekommen, das sie umgehend in den Schredder warf.

Er schien überrascht: »Am Nachmittag? Wie soll ich das verstehen?«

Am liebsten hätte sie geschrien: »Ich muss Geld verdienen, weil ich unser beider Arsch gerettet habe.«

»Hat meine Kleine denn keine Zeit mehr für mich?«, schmeichelte er weiter.

Sein Manöver kam bei Lilly nicht gut an, obwohl sie am liebsten Herrn Mertens von der Pritsche gescheucht hätte, um ausgiebig mit Fred zu reden – und sei es nur am Telefon!

»Fred, ich habe einen Patienten hier. Ich rufe zurück!«

Er ignorierte Lillys Hinweis und sülzte munter weiter. Lilly legte wortlos auf. Sie musste diplomatisch vorgehen, keine Eifersuchtsszene, keine Vorwürfe! Ob ihr das gelingen würde? Zweifel plagten sie. Nur eine einzige Frage durfte sie ihm stellen: die Frage nach seiner Frau. Schließlich hatte sie das Recht zu erfahren, woran sie mit Fred war.

Lilly lehnte Freds Vorschlag ab, sich bei *Giovanni* zu treffen, und schlug das stilvoll eingerichtete kleine Café im *Maximilian's* in der Innenstadt vor.

Sie mochte das feine Delikatessengeschäft mit den stets frischen und appetitlichen Auslagen, die hübsch angerichtet auch probiert werden konnten. Spanische, französische und italienische Köstlichkeiten ließen jedes Gourmetherz höherschlagen. Wenn Phil kurzfristig Gäste oder Kunden ankündigte, konnte man auf Elkes Kompetenz bauen und war mit ihren wertvollen Tipps bestens beraten. Auch edle Tröpfchen lagerten in den Regalen.

Den Weineinkauf hatte Phil aber immer selber in die Hand genommen, dafür hatte er im Laufe der Jahre eine feine Nase entwickelt. In seinem gepflegten Weinkeller schlummerten einige kostbare Flaschen Bordeaux, aber ganz besonders stolz war er auf seine *Château Lafite Rothschild*, die sein Vater ihm hinterlassen hatte. Diese Rarität aus dem Pauillac, Jahrgang 1986, wollte er sich für einen ganz besonderen Anlass aufheben und sprach dabei immer von *unserer Silberhochzeit*.

1986 hatten sich beide an einem wunderschönen, milden Tag im Mai in der romantischen *Lorettokapelle* ihr Ja-Wort gegeben. Das Gelübde, ihn zu lieben, bis dass der Tod sie eines Tages scheiden würde, war für sie damals das Selbstverständlichste auf der Welt.

Sie schluckte bei dieser Erinnerung und musste unwillkürlich an Phils Worte denken: »Jahrgang 1986 bist du nicht, Liebes, aber den Duft des Weines nach Mandeln und Veilchen trägst du mit dir. Du bist der wertvollste Jahrgang, Einzellage und ein Unikat, so ein Schatz muss gut gehütet werden.«

Auf einmal kam sie sich schrecklich schäbig vor, und Tränen stiegen ihr in die Augen. In diesem Moment fühlte sie sich eher wie ein abgelaufener Jahrgang, müde, ohne Kraft und ungenießbar.

Dementsprechend reserviert trat Lilly Fred gegenüber. Kühn nahm sie Anlauf: »Ich habe nicht viel Zeit, Fred, nur ein Drink!«

Das war pure Taktik von ihr, sie pokerte.

Natürlich hatte sie alle Zeit der Welt, aber das würde sie ihm nicht auf die Nase binden. Er hatte sie tagelang vernachlässigt, einfach vergessen, während sie durch die Hölle gegangen war. Nein, so leicht wollte sie ihm nicht verzeihen.

Fred saß bereits im *Maximilian's* bei einem Glas Weißwein. Er wirkte etwas unbeholfen, da man ihn aus seiner Geborgenheit des *L'Italiano* gerissen hatte. Kein *Giovanni*, kein Champagner! Hier kannte man ihn nicht, und genau darauf hatte Lilly gesetzt. Sie hatte einen neutralen Ort gewählt, um mit Fred ein klärendes Gespräch zu führen, das war ihr wichtig. Elkes Nähe gab ihr die nötige Rückendeckung.

Ohne auf seine Frage, ob sie ebenfalls einen Weißburgunder mochte, einzugehen, fragte sie in barschem Ton: »Bist du verheiratet?«

Auf diesen unverhofften Paukenschlag war Fred nicht vorbereitet gewesen, und sein plötzlich versteinertes Gesicht verhieß nichts Gutes. Lilly ahnte die traurige Antwort bereits.

Er versuchte, Zeit zu gewinnen, und lehnte sich betont entspannt in seinen Stuhl zurück. Bedächtig schlug er die Beine übereinander und betrachtete interessiert seine Schuhspitzen, als müsste er dort das Wörtchen *Ja* suchen, weil er die Wahrheit vergessen hatte. Wie ein Regisseur, der einem Laienkünstler noch wertvolle Anweisungen gab, setzte er nun zum Reden an.

»Deine geschätzte Freundin Magda hat also geplaudert. Das hätte ich ihr nicht zugetraut. Sie wirkt so loyal und uninteressiert unserer Beziehung gegenüber.« Gelassen machte er eine längere Pause, holte dann tief Luft und redete sanft auf sie ein: »Lilly, mein Engel, du bist doch eine kluge und emanzipierte Frau. Was soll diese alberne Frage?«

Sie fixierte ihn mit bösem Blick und war von ihrem forschen Auftreten selbst überrascht.

»Ja oder nein, Fred? Mehr will ich nicht von dir wissen. Oder soll ich dir die Antwort abnehmen?«

Das Gespräch begann, Fred zu nerven, denn nichts hasste er mehr als eifersüchtige und hysterische Frauen. Dennoch redete er leise und eindringlich auf Lilly ein: »Du bist auch verheiratet, und wir haben trotzdem Spaß miteinander. Wo ist also das Problem?«

Sein lapidares Ausweichmanöver brachte Lilly auf die Palme, und sie wusste, dass ihr guter Vorsatz, cool zu bleiben, gründlich in die Hosen gehen würde. Sie war mit ihren Nerven am Ende, erschöpft und ausgelaugt. Sie fing an zu lispeln und zischte dabei wie eine gefährliche Klapperschlange, die bedroht wird: »Ja, ich bin verheiratet. Aber ich war in diesem Punkt wenigstens ehrlich zu dir, während du es offenbar versäumt hast, mich über deinen Familienstand aufzuklären. Ich darf doch Familie sagen, nicht wahr? Oder ist dir diese Frage peinlich?«

»Absolut nicht, aber hätte das etwas geändert?«

Sie fühlte sich entlarvt. Verdammt, er hatte recht. Es hätte nichts geändert. Auf keine einzige Sekunde mit ihm hätte sie verzichten wollen, selbst wenn sie es gewusst hätte.

»Im Gegensatz zu dir habe ich meine Ehe beendet, hause seitdem in meiner Praxis und schlafe auf einer lächerlichen Massagepritsche«, platzte die Neuigkeit aus ihr heraus, und sie wartete gespannt auf Freds Reaktion.

Er war die Ruhe selbst und schaute sie mitleidig an.

»Das ehrt mich, Lilly, aber einen Mann wie Phil solltest du nicht verlassen. Das ist sehr voreilig und unklug von dir. Das solltest du schnellstens wieder in Ordnung bringen.«

Lilly kam sich vor wie ein unartiges Schulmädchen, das für schlechtes Betragen mit elterlichem Hausarrest getadelt wurde.

»Unklug? Fred! Ist Liebe unklug?«, schrie sie ihn aufgebracht an. Am liebsten hätte sie ihm das Mineralwasser, welches Elke diskret auf das kleine Marmortischchen gestellt hatte, in sein überlegenes Gesicht geschüttet. Genauso wie in einem Film über eine Dreiecksbeziehung: Einer bekam am bitteren Ende immer eine Getränkedusche.

»Ich dachte, das zwischen uns sei mehr als eine Affäre.«

Sie hatte sich nicht mehr unter Kontrolle, und die Tränen liefen ihr über das Gesicht. Verlegen kramte er ein Taschentuch hervor, welches sie mit einer schroffen Handbewegung zurückwies.

Fred zuckte kopfschüttelnd mit den Schultern. Lillys Auftritt war ihm äußerst unangenehm, und betreten schaute er um sich, ob womöglich ein bekanntes Gesicht in der Nähe war.

»Ich kann dir bei deinem Problem nicht helfen, Lilly. Entweder du akzeptierst und genießt unser schönes Verhältnis wie bisher – oder wir ...«

Sie stand auf und beendete, nun etwas gefasster, seinen Satz: »... oder wir beenden die Schäferstündchen?«

Damit hatte Fred nicht gerechnet. Er hielt ihren Arm fest und drückte sie zurück in den Stuhl.

»Gerade wollte ich dir einen wunderbaren Vorschlag machen. Hörst du mir zu?«

Sie hielt kurz inne und wartete gespannt auf das, was sie eventuell noch dazu bringen könnte, ihm nicht für immer den Rücken zu kehren. Der sanfte Ton seiner Stimme brachte ihren Entschluss, ihn zurückzulassen, ins Wanken.

Er nahm ihre Hand und führte sie an seinen Mund. Dann fragte er: »Hast du Lust, mit mir ein paar Tage zu verreisen, nur du und ich?«

Nicht in ihren kühnsten Träumen hätte sie es gewagt, an so ein verlockendes Angebot zu denken. Für einen Augenblick sah sie sich am Ziel ihrer Träume. Sie würde ganz alleine mit Fred irgendwohin durchbrennen. Einfach so … Doch die Vorsicht hielt sie zurück, spontan ihre Freude zu zeigen, und tapfer erwiderte sie: »Ich werde es mir überlegen, Fred.«

Sie erhob sich, gab ihm einen flüchtigen Kuss auf sein schütteres Haupthaar und ließ ihn grußlos zurück.

20

In der Tiefgarage begegnete sie keinem Menschen, und endlich durfte sie in ihrem Auto hemmungslos weinen. Wollte Phil nicht auch mit ihr durchbrennen, damals, als sein Vater sie als nicht standesgemäß erachtet hatte und ihren Beruf *unanständig* nannte? Phil hätte aus Protest sogar auf die Übernahme der Kanzlei seines Vaters verzichtet, und das als gut erzogener Sohn mit Familientradition! Und worauf verzichtete Fred? Auf nichts! Er wollte beide, Anna und sie, je nach Tagesform.

Vorsichtig fuhr sie los und sah im letzten Moment, wie Phils Auto in die Tiefgarage hinunterrollte. Doch er saß nicht alleine im Auto. Schade, dass sie seine Begleiterin auf dem Beifahrersitz nicht richtig erkennen konnte. Blond und ein Pelzkragen, das war alles, was auf die Schnelle erkennbar war. Lilly ärgerte sich, weil Phil früher immer irgendwelche Termine am Mittag vorgab und selten Zeit zu einem gemeinsamen Essen hatte.

Nun saß eine blonde Nixe neben ihm, und plötzlich hatte er alle Zeit der Welt. Neugier und Eifersucht, gepaart mit Wut und Enttäuschung, erfassten sie. Das hatte ihr gerade noch gefehlt! Lilly tarnte sich hinter einer mächtigen Litfaßsäule und wartete gespannt und mit laufendem Motor auf Phil samt seiner geheimnisvollen Blondine.

Tatsächlich, es war Marion, seine neue Juristin. Sie hängte sich wie selbstverständlich bei ihm ein, während beide mit großen Schritten die Straße überquerten, und das auch noch, obwohl die Ampel Rot zeigte. Marion verführte ihn demnach jetzt schon zu Dingen, die er früher prinzipiell abgelehnt hätte.

Sie hatte Marion bei einem spontanen Abstecher in die Kanzlei nur kurz kennengelernt und schon damals eine seltsame Vorahnung gehabt, die sich jetzt bestätigte. Diese Schlange hatte sich also in ihrem Ehemann verbissen und er hatte nichts Besseres zu tun, als das Gift wirken zu lassen. Verdammt schnell hatte er sich getröstet! Aber hatte Marion ihr wirklich den Mann weggenommen? Nein! Marion hatte ihn aufgefangen und ihre Chance im richtigen Moment genutzt, die Chance, die sie bei Fred nie hatte.

Wütend gab Lilly ihrem Auto die Sporen und hoffte, dass ihr letzter Patient für heute nicht aus fadenscheinigen Gründen den Termin abblasen würde. Sie käme sich noch nutzloser vor, als sie sich ohnehin schon fühlte. Nutzlos und schutzlos! Sie war auswechselbar geworden, bei Fred und nun auch bei Phil!

Lilly brauchte dringend Abwechslung, und so nahm sie sich vor, am Abend Magda anzurufen oder sie zu besuchen. Vielleicht wusste sie mehr über Marion und Phil. Sie begann, sich für die Geschichte zu interessieren, und zwar mehr als für Freds geplanten Kurzurlaub, zu dem sie sich im Moment sowieso nicht durchringen konnte. Sie hatte ein eigenartiges Gefühl, und eine innere Stimme riet ihr, lieber vor Ort zu bleiben.

Magdas Stimme klang freundlich reserviert, als sie Lilly die Wohnungstür öffnete.

»Lilly, was verschafft mir die Ehre? Brauchst du weitere moralische Prügel oder tauchst du hier auf, um dich endlich zu entschuldigen?«

An eine Entschuldigung hatte Lilly keineswegs gedacht, aber es wäre immerhin ein guter Schritt in die richtige Richtung.

»Es tut mir leid, ich habe mich dämlich benommen und deinen Worten nicht geglaubt!«

Plötzlich tat es ihr wirklich leid. Magda war eine großartige Frau und zuverlässige Freundin, und Lilly hatte sie schmerzhaft gekränkt.

»Du hattest in allem recht, Magda! Aber mir fällt es noch immer schwer, auf Fred zu verzichten. Wahrscheinlich fehlt noch das letzte i-Tüpfelchen.«

Lilly war auf Versöhnung aus, und Magda vernahm das mit großer Genugtuung. Sie fühlte, dass Lilly sich innerlich von Fred zu lösen begann: Anfangsrisse einer Beziehung, die nie eine war.

»Worauf wartest du denn noch, Lilly? So ein Typ kniet nicht mit Rosen vor dir, um dir einen Heiratsantrag zu machen, wie ...«

»... du meinst, wie Phil?«, unterbrach sie ihre Freundin. »Wie es aussieht, wird er bald Marion einen Antrag machen. Ich habe die beiden zusammen gesehen, in eindeutiger Pose.«

Magda war sprachlos.

Als sie sich wieder gefasst hatte, erwiderte sie ungläubig: »Zusammen gesehen? In eindeutiger Pose? Das glaube ich nicht. Da hast du wahrscheinlich die falsche Brille getragen. Wir waren am Wochenende zusammen mit dem Fahrrad unterwegs, und ich hatte nicht den Eindruck, dass

Phil scharf auf sie ist, eher umgekehrt. Er muss erst mal über dich hinwegkommen, und das geht nicht so schnell«, gab Magda ihr zu verstehen, und ihre Worte erinnerten an eine Eheberatung.

»Meinst du, Marion schafft es?«, fragte Lilly zaghaft und dachte an ihr trostloses Wochenende.

Wie gerne wäre sie bei der Radtour dabei gewesen!

»Wenn du dich nicht sputest, vielleicht«, gab Magda zu bedenken und fragte vorsichtig: »Interessiert dich denn dein Ehemann wieder? Aber doch hoffentlich nicht nur, weil es eine andere auf ihn abgesehen hat, oder?«

»Nein … ja … aber nicht so«, ereiferte sich Lilly und wurde rot wie ein Kind, das beim Lügen ertappt worden war.

»Ich denke darüber nach, mit Fred ein paar Tage zu verreisen, um mir über viele Dinge klar zu werden, verstehst du, was ich meine?«

Magda fand die Idee gar nicht so abwegig. Sie wusste jetzt schon, dass Lilly geheilt zurückkommen würde. Fred hatte längst Augen für andere Frauen, da war sich Magda sicher.

»Mach das, Lilly, verreise mit ihm! Länger als einen Tag am Stück wirst du ihn sowieso nicht ertragen, wetten?«

Lilly ignorierte Magdas gnadenlose Prophezeiung.

»Ich denke oft an Phil und an euch, es war immer so schön – und ich …«

Magda schaute in die traurigen Augen ihrer Freundin.

Sah Glück so aus? Nein, glücklich war Lilly schon lange nicht mehr. Die Liebe war ihr abhandengekommen, und die Schmetterlinge hielten Winterschlaf.

Wortlos umarmten sich die Freundinnen, und Lilly flüsterte beschämt: »Auf dich ist Verlass. Wie konnte ich je daran zweifeln?«

Magda verbesserte Lilly: »Auf uns ist Verlass, Lilly, auf uns!«

Sie hoffte, dass Lilly über diese Worte nachdenken würde.

21

Erste Schneeflocken tanzten munter durch die Dämmerung. Lilly mochte den Winter und den Schnee. Sie liebte die kalte, klare Luft – nur heute nicht! Ob Phil und Marion auch die grazil gewachsene Tanne im kleinen Gärtchen hinter dem Haus bewunderten, wenn sie mit Schnee bedeckt war und zu brechen drohte?

Wuchs in Freds Garten eine Tanne? Sie hatte nie darauf geachtet. Konnte er wohl einen so lustigen Schneemann bauen wie Phil? Was wusste sie schon über Fred? Rein gar nichts! Lohnte es sich überhaupt, mehr über ihn zu wissen, als dass er ein perfekter Liebhaber und verheiratet war?

Sehnsucht nach Geborgenheit, die Phil ihr immer gegeben hatte, ergriff sie. Und das mit Marion? Phil war auch nur ein Mann, und ein betrogener dazu. Ob sie wohl schon …? Sie erschrak und dachte an ihr gemeinsames Ehebett mit Phil. Sie hatten es vor vielen Jahren gemeinsam ausgesucht und zum Entsetzen des Verkäufers vor Ort beinahe richtig eingeweiht!

Lilly befreite ihren Wagen halbherzig von Schnee und Eis. Sie hatte es eilig und war extrem neugierig, ob Phil Damenbesuch hatte. Der kurze Umweg nahm nicht viel Zeit in Anspruch, und sie verspürte rasendes Herzklopfen. Das kleine Häuschen lag im Dunkeln, und sie betrachtete es respektvoll von Weitem. *Pfefferkuchenhäuschen* hatten sie es liebevoll genannt, so wie das Haus, an dem sich Hänsel und Gretel satt aßen. Doch ihre Rolle war eine andere geworden: die der bösen Hexe.

Der schmale Weg von der Straße bis zur Haustür war noch nicht vom Schnee geräumt, also war Phil noch in der Kanzlei oder mit Marion beim Essen, mit ihr unterwegs oder mit ihr im Bett ... Ihr wurde übel bei dem Gedanken.

Noch hatte sie sämtliche Schlüssel zum Haus und hing im Kleiderschrank ein Großteil ihrer Wintergarderobe. Sie fasste den mutigen Entschluss, hineinzugehen. Schließlich hatte sie ein handfestes Argument für ihr Vorhaben: der unvorhergesehene Wintereinbruch!

Vorsichtig stellte sie das Auto in einer Nebenstraße ab und schlich wie eine Diebin zum Haus. Leise schloss sie die Tür auf. Der vertraute Holzgeruch des offenen Kamins und der würzige Duft einer Kerze kamen ihr entgegen. Zögernd setzte sie sich in Phils Lieblingssessel und schaute sich, ohne das Licht anzuknipsen, vorsichtig um. Erinnerungen holten sie ein, und mühsam kämpfte sie mit den Tränen. Zaghaft drückte sie auf den Knopf der kleinen Stehlampe, und das warme Licht durchflutete den vertrauten Raum. Das Foto mit Phils Kniefall stand noch immer auf der Kommode. Es waren die ersten Blumen aus dem Garten, die er ihr damals mit einer filmreifen Hingabe geschenkt hatte. Die Nachbarin hatte das Foto heimlich geschossen und ihnen später im hübschen Silberrahmen geschenkt. Daneben stand das niedliche Foto von Phil, auf dem er als vierjähriger Bub dem Weihnachtsmann ängstlich die linke Hand anstatt der rechten reichte. Für dieses in den Augen seines Vaters schlechte Benehmen hatte er damals kein Geschenk von dem Mann mit dem langen weißen Bart erhalten. Sogar das Hochzeitsfoto stand noch am selben Platz. Phil hatte nichts verändert. Glaubte er an ihre Rückkehr? Könnte er ihr verzeihen?

Wie ein unruhiges Gespenst wandelte sie lautlos in den Räumen umher und betrat das winzige Zimmer, welches weder Phil noch sie jemals in Anspruch genommen hatten. Phil nannte es *das Zimmer zum Zurückziehen*. Sie hatten es beide nie beansprucht. Vielleicht war das ein Fehler gewesen? Nein! Jeder hatte die Nähe des anderen gesucht und gebraucht. Auf dem Sideboard in der Küche entdeckte sie ein einzelnes Glas, benutzt, aber ohne Lippenstiftreste. Das war äußerst beruhigend. Neugierig öffnete sie den Kühlschrank. Er war fast leer, also ging Phil häufig auswärts essen, was er eigentlich hasste. Sogar die teure Flasche Champagner, die Lilly von einem dankbaren Patienten geschenkt bekommen hatte, lag unangetastet im Kühlschrank.

Neugierig lenkte sie ihre Schritte in Richtung Badezimmer. Sie glaubte, dort am ehesten weibliche Spuren finden zu können, aber sie entdeckte keine. Die wenigen Utensilien, die sie zurückgelassen hatte, standen unverändert an ihrem Platz. Vorsichtig setzte sie sich auf den Badewannenrand und atmete tief den vertrauten Duft von Phils Duschgel ein, der sie wie ein Kokon umhüllte. Unwillkürlich dachte sie an seinen glatten, sportlichen Körper, sein lachendes Gesicht mit dem kleinen Grübchen am Kinn, in welches sie so gerne ihre Zunge grub. Sie mochte es, wenn er mit feuchten, verstrubbelten Haaren aus der Dusche trat, sich das Badetuch um den Körper schlang und darauf wartete, dass sie es ihm mit größtem Vergnügen wieder wegzog.

Nein, goldene Armaturen gab es hier keine, nur Behaglichkeit und Ruhe. Sie schaute in den Spiegel mit dem dicken Goldrahmen, den Phil immer schwülstig nannte und der für das kleine Badezimmer viel zu groß war. Es hatte sie viel Überzeugungskraft gekostet, bis er ihn endlich aufgehängt hatte. Offensichtlich fand Phil ihn nicht mehr unzumutbar, denn er hatte ihn nach ihrem Auszug nicht in den Abstellraum getragen.

Lilly betrachtete lange ihr Spiegelbild, und Melancholie erfasste sie. Sie hatte sich verändert und dabei eine falsche Richtung genommen, das musste sie sich hier und heute eingestehen. Sollte sie mit dem Lippenstift eine Botschaft auf den Spiegel schreiben? Vielleicht: »Du fehlst mir so!«

Doch kurz darauf fand sie den Gedanken einfältig und verwarf ihn beschämt. So etwas gab es nur in blöden Filmen.

Sie drückte ihre Nase fest an die Fensterscheibe und vergaß die Zeit. Verträumt blickte sie in den verschneiten Garten, den Phil rechtzeitig winterfest gemacht hatte.

Das hier war kein steriler und vom Landschaftsgärtner geprägter Garten, wie Fred ihn hatte, der nicht einmal Holz für seinen offenen Kamin hacken konnte und stattdessen künstliche Flammen auflodern ließ. Sie lehnte sich mit dem Rücken ans Fensterkreuz und blickte verträumt in den liebevoll eingerichteten Raum, als sähe sie zum ersten Mal ihr wirkliches Zuhause.

Was war bloß in sie gefahren, Phil wegen Fred zu verlassen? Sie fand keine Erklärung, und die späte Einsicht half ihr im Moment auch nicht weiter.

Es fehlte ihr der Mut, die oberen Räumlichkeiten anzusehen, das Schlafzimmer und Phils Arbeitszimmer mit ihrem Foto auf dem Schreibtisch. Womöglich hatte er es längst in die Schublade gesteckt oder gar entsorgt? Das hätte ihr den Rest gegeben.

Insgesamt wirkte das Haus aufgeräumt und gepflegt. Demnach kam Moni, die gute alte Seele, die schon bei Phils Vater den Haushalt geschmissen hatte, öfter als zweimal in der Woche. Phil wusste sich zu helfen. Und sie? Sie fühlte sich hilflos, ausgepowert und abgelegt.

Lustlos kramte sie ihre Winterstiefel hervor und packte ein paar warme Sachen in den mitgebrachten übergroßen Plastikbeutel.

Sie wollte Phil eine kurze Notiz hinterlassen und fand in der Küchenschublade Papier und Bleistift. Wie gerne wäre sie hier im Haus geblieben, um sich auf ihn zu freuen. Stattdessen musste sie ihm eine coole Notiz hinterlassen, die keineswegs ihrer momentanen Verfassung entsprach, und mit einem schäbigen, kleinen Raum in der Praxis klarkommen.

Sollte sie ihm einen Liebesbrief schreiben? Nein, sie kannte Phil. Er würde ihr nicht glauben.

Stattdessen schrieb sie:

Lieber Phil, entschuldige den spontanen Überfall im Haus. Der Schnee kam überraschend. Habe dringend ein paar Sachen für den Winter gebraucht. Die Skier lasse ich im Moment noch hier. Beim nächsten Mal rufe ich dich vorher an, versprochen! Alles Gute, Lilly.
PS: Habe eine hübsche Wohnung gefunden und ziehe nächste Woche ein.

Nachdem sie die Zeilen noch einmal Wort für Wort durchgelesen hatte, riss sie den Hinweis auf eine neue Wohnung vom Zettel ab und begradigte mit der Schere ordentlich die Notiz am unteren Rand. Dieser Satz war unnötig und provozierend, er war schrecklich und endgültig. Sie wurde blind vor Tränen.

Plötzlich richtete sich ihr Blick auf ein Stück Papier, das unter einer Tasse auf dem Küchentisch lag. Der Boden unter ihren Füßen begann zu schwanken. Sie suchte Halt am Tisch und starrte ungläubig auf den Text:

Hübsches Einfamilienhaus mit kleinem Garten zu verkaufen. Gute, ruhige Wohngegend, saniert, Doppelgarage, Preis nach Vereinbarung.

War Phil von allen guten Geistern verlassen? Hier hatte sie auch ein Wörtchen mitzureden! Das sollte er als Anwalt wissen. Aber hatte sie ein moralisches Recht auf das Haus, auch wenn das Gesetz und irgendwelche Paragrafen es so vorsahen? Dieses Häuschen hatte schon seinen Eltern und den Großeltern gehört, und bei dem Gedanken, dass Phil es veräußern wollte, brach Lilly erneut in Tränen aus. Sie fühlte sich entwurzelt, mehr tot als lebendig. Es war doch auch ihr Zuhause! Die schönste Zeit ihres Lebens hatte sie hier verbracht. Wollte er sie knallhart mit Geld abspeisen? Das war nicht Phils Art, aber hatte sie möglicherweise dazu beigetragen, dass er solch einen Schritt tun würde? Vielleicht konnte er nicht mit den Erinnerungen leben? Doch dann hätte er alle Fotos entsorgt. Dieser Gedanke tröstete sie, und ein kleines bisschen Hoffnung keimte in ihr auf.

Was wäre jedoch, wenn er mit Marion neu durchstarten wollte, wenn sie gemeinsam in eine neue Wohnung ziehen und unter die Vergangenheit einen endgültigen Schlussstrich setzen wollten? Lilly spürte einen schneidenden Schmerz in der Brust, und die panische Angst nahm ihr fast den Atem. Nur das nicht! Der Gedanke brach ihr das Herz. Ach, könnte Phil ihr doch bloß verzeihen.

Wäre alles anders gekommen, wenn sie gemeinsame Kinder gehabt hätten? Nach zwei Fehlgeburten mit anschließenden Depressionen kam aus Sicht des Arztes das gnadenlose »Aus«. Phil hatte sie einfühlsam getröstet, und längst hatten sie sich damit abgefunden.

Das schlechte Gewissen plagte sie. Hatte sie überhaupt das Recht, hier einfach herumzuschnüffeln und ihn wegen des Hausverkaufs zur Rechenschaft zu ziehen?

Schweren Herzens entschloss sich Lilly, so zu tun, als hätte sie diese Hiobsbotschaft nie gelesen. Nein, sie würde die Tür nicht ganz zuwerfen, jetzt, wo die friedliche Adventszeit bevorstand.

Betty hatte ihr vor ein paar Tagen angeboten, sie in die Geheimnisse ihrer leckeren Backkunst einzuweihen. »Den Heiligen Abend feierst du auch mit mir und meiner Tochter, und keine Widerrede«, machte sie bereits im Vorfeld energisch klar.

Lilly dachte mit Wehmut an das bevorstehende Weihnachtsfest. Nein, zu feiern gab es nun wirklich nichts, und ihr wurde bewusst, dass es wohl das Beste sein würde, an Heiligabend bei Betty zu sein. Zu Magda und Tim konnte sie nicht gehen, sie würde es nicht übers Herz bringen. Lilly hatte ihre Freunde sehr verärgert und lange genug strapaziert.

Ob Phil und Marion die Vorweihnachtszeit gemeinsam verbrachten? Wehmut erfasste sie bei dem Gedanken, dass

Phil nun mit Marion seinen selbst gemachten, duftenden Glühwein im verglasten Wintergarten trinken würde. Ob er ihr auch vor dem knisternden Kamin liebevoll die Kuscheldecke über die Schultern legen und sie den Schein des widerspiegelnden Feuers in seinen Augen bemerken würde?

In ihrer Euphorie, sich noch einmal verlieben zu wollen, waren ihr wichtige Bestandteile einer Beziehung abhandengekommen, nämlich *Geborgenheit*, *Vertrautheit* und ... *ehrliche Liebe*. Alles das hatte ihr Phil gegeben. Wie leichtsinnig, ja geradezu verschwenderisch, war sie damit umgegangen!

Fred, dieser Heuchler, fuhr garantiert über die Feiertage zu seiner Frau und würde auf heile Familie machen. Längst hatte sie den Entschluss gefasst, nicht mit ihm zu verreisen. So verlockend konnte kein Reiseziel sein, nicht einmal das Paradies auf Erden. Es würde sich, wenn sie wieder zurückkämen, nichts ändern, das wusste sie inzwischen genau.

Mit Fred Kontakt aufzunehmen, kam ihr im Moment nicht in den Sinn. Ihre Gefühle für ihn waren in weite Ferne gerückt. Betroffen über diese Erkenntnis stellte sie sich ernsthaft die Frage, ob sie ihn wirklich je geliebt hatte. Noch vor wenigen Wochen machte sie der Gedanke überglücklich, mit Fred die Weihnachtszeit und den Winter zu genießen, sich mit ihm über die weiße Winterpracht zu freuen, auf dem Weihnachtsmarkt gemeinsam Glühwein zu trinken und auf dem zugefrorenen *Gnadensee* Schlittschuh zu laufen.

Doch nun? Sie schüttelte über sich selbst den Kopf. Wie naiv sie gewesen war, geradezu dämlich, je an eine Zukunft mit Fred geglaubt zu haben.

Das plötzliche Auftauchen seiner Frau sah sie als Weihnachtsgeschenk in letzter Minute an. Lilly verspürte keine Eifersucht Anna gegenüber und erst recht keine Sehnsucht mehr nach Fred. So schnell, wie damals die Schmetterlinge zu *flattern* begannen, so eilig hatten sie es, sich davonzumachen.

Lilly wurde nachdenklich. Wen beglückten die Schmetterlinge wohl jetzt? Gott sei Dank gab es unzählige davon, Millionen, die alle gebraucht wurden. Schmetterlinge arbeiteten rund um die Uhr, sie kannten keinen Feierabend, nur Dauerstress!

Mutig nahm sie den Strohbesen, der an der Hauswand lehnte, in die Hand und befreite den kleinen Weg bis zur Straße vom Schnee. Würde Phil sich darüber freuen? Lilly wusste in diesem Moment, dass der Besuch hier im *Pfefferkuchenhäuschen* wichtig für sie war, das ausschlaggebende i-Tüpfelchen, um sich endgültig von Fred zu lösen. Und das hatte nichts mit Marion zu tun oder mit Phils Vorhaben, das Häuschen zu veräußern.

22

Magda wartete den richtigen Moment ab, um nach dem Abendessen mit Tim über Lillys Kummer zu reden. Sie macht sich Vorwürfe und hat ein furchtbar schlechtes Gewissen. »Tim, Liebling, was können wir tun? Phil und Lilly sind doch unsere Freunde, und beide sind sie unglücklich. Hast du nicht eine Idee?«

Tim schaute sie ernst an.

»Soll ich ihr etwa das schlechte Gewissen abnehmen? Ich heiße nicht Phil! Das Problem müssen die beiden selber lösen, und wir sollten uns da raushalten. Aber mal ehrlich, Magda: Du kannst doch nicht erwarten, dass Phil seine Frau nach diesem Vertrauensbruch mit offenen Armen aufnimmt. Was wäre, wenn Lilly es wieder tun würde? Sie ist eine tickende Zeitbombe, wenn du mich fragst.«

»Ob mit offenen Armen oder mit hängenden, das ist doch völlig egal, Tim. Sei Lilly gegenüber nicht so hart! Sie hat nach fünfundzwanzig Jahren Ehe einmal einen Fehler gemacht und bereut ihn zutiefst«, versuchte Magda sanft einzulenken.

Sie stand auf und trug das benutzte Geschirr in die Küche. Während sie die Gläser in die Spülmaschine einräumte, sprach sie weiter: »Muss er Lilly denn gleich deswegen vor die Tür setzen? Du hast deine damalige Freundin Silvia doch auch betrogen, nämlich mit mir! Hattest du dabei kein schlechtes Gewissen?«

»Das war etwas anderes. Ich habe die Beziehung mit Silvi am nächsten Tag für beendet erklärt.«

»Nobel«, entfuhr es Magda. »Soll ich dich vergolden lassen?«

Ihren Zynismus konnte Tim an Magda am allerwenigsten ertragen, und sie wusste genau, dass sie ihn damit auf die allerhöchste Palme bringen würde.

»Vorsicht, Magda! Du warst zum Zeitpunkt unseres ersten nächtlichen Vergnügens auch liiert, mit Chris, diesem Statiker, der notorisch meine Verflossenen getröstet und sich inzwischen dem Suff hingegeben hat, diese Niete!«

Mit zwei Gläschen Sherry bewaffnet, gesellte er sich zu ihr in die Küche, um den Abend, der harmonisch angefangen hatte, zu retten.

Traurig blickte sie in sein Gesicht. Sie hatte längst das Gefühl, dass auch ihr Leben aus den Fugen geraten war. Eine Ehekrise? Wegen Lilly und Phil? Oder entdeckte sie nach vielen Ehejahren völlig neue Seiten an Tim? Er kam ihr so herzlos vor, so gefühllos ... oder beschäftigte ihn die zerbrochene Ehe seines Freundes Phil doch mehr als er zugab?

»Das war kein läppischer Seitensprung und auch keine kleine Affäre, Magda. Du brauchst nichts zu verniedlichen, das ist eine ganz böse Geschichte«, holte er belehrend aus. »Versteh mich nicht falsch, mir fehlt die Freundschaft auch. Aber dieser Dauerkonflikt macht mich ... Ich brauche meine Energie für wichtigere ...«

»Wichtigere Dinge?«, schrie Magda nun erbost. »Ist das dein letzter Auftritt, bevor der Vorhang fällt?« Sie schluchzte und ließ ihren Tränen freien Lauf.

Tim wurde angesichts ihrer aufgelösten Verfassung einsichtig und gab sich geschlagen. Mit versöhnlichen Worten lenkte er ein: »Also gut, ich werde mit Phil reden und nach dem Stand der Dinge fragen, obwohl mir das nicht behagt. Männer regeln so etwas anders!«

Dankbar sah Magda ihren Mann an.

Sie hätte zwar gerne gewusst, wie Männer solche Dinge regeln, wagte aber nicht, hierüber eine unnötige Diskussion zu entfachen, nicht in diesem Moment.

»Für eine bewährte Freundschaft muss man auch Opfer bringen«, beharrte sie und schaute ihn erleichtert an. Sie war zufrieden, ihrem Ziel, Tim zu einem Gespräch mit seinem Freund bewegt zu haben, ein Stück näher gekommen zu sein. Parallel dazu würde sie Kontakt mit Marion aufnehmen, um herauszufinden, ob sich etwas Ernsthaftes zwischen ihr und Phil angebahnt hatte.

Magda war am nächsten Morgen voller Tatendrang, und kaum war Tim aus dem Haus, stürzte sie ans Telefon und rief in der Kanzlei Haysch und Deyhle an. Eine sympathische Frauenstimme teilte ihr am Telefon freundlich mit, dass Frau Dr. Deyhle im Augenblick im Gespräch sei. Magda war verstimmt. Gewisse Dinge erledigte sie am liebsten sofort, und bei diesem Experiment ging es um kostbare Minuten.

»Darf ich etwas ausrichten, Frau …?«

»Ja, gerne. Sagen Sie Frau Dr. Deyhle bitte, Magda hätte angerufen. Vielleicht hat sie kurz Zeit für einen Rückruf, meine Telefonnummer ist ihr bekannt.«

Die angenehme Telefonstimme wurde spitz: »Es wäre besser, Sie geben sie mir … für alle Fälle.«

Für alle Fälle gab Magda ihre Handynummer preis und wies gleichzeitig darauf hin, dass sie nur bis elf Uhr erreichbar sei, bedankte sich und wünschte der Telefonstimme einen schönen Tag.

Danach lief Magda ungeduldig in der Wohnung auf und ab und hypnotisierte das Handy.

Kurz vor elf meldete sich Marion.

»Magda, das ist aber eine Überraschung. Hast du Zeit? Wollen wir uns zum Lunch treffen?«

Damit hatte Magda nicht gerechnet. Das Wort *Lunch* mochte sie nicht, ein Fremdwort! Sie hatte nur an ein kurzes Treffen zu einem Kaffee gedacht.

»Gerne, Marion. Das ist eine super Idee! Wo treffen wir uns?«

»Gleich hier um die Ecke hat ein kleines, feines Bistro eröffnet, das schauen wir uns an! Du kennst doch den Weg in die Kanzlei. Das *Pick it* kannst du dabei nicht verfehlen.«

Magda war begeistert. Das brisante Thema war wichtig und duldete keinen Aufschub. Blitzschnell schickte sie eine SMS an Tim und verschob das gemeinsame Mittagessen auf den Abend. Grund: »Kann ich dir jetzt noch nicht sagen!«

Marion saß bereits an einem hübsch eingedeckten kleinen Tisch und studierte eingehend die Speisekarte.

»Mensch, Marion, du siehst ja wieder spitze aus. Was sagt denn Phil dazu?«, begrüßte Magda sie herzlich.

Sie hatte die Katze zu schnell aus dem Sack gelassen und ärgerte sich maßlos über ihre vorlauten und anmaßenden Worte.

Marion schaute irritiert und entgegnete erstaunt: »Ich glaube nicht, dass Phil einen Blick dafür hat. Er hat gerade andere Sorgen!«

Magda triumphierte innerlich und wusste immerhin schon mehr als vor wenigen Minuten. Sie beschloss, ihre Fragen ab jetzt sorgsamer zu wählen, damit ihr Treffen mit Marion nicht wie ein Verhör wirkte.

Der Besuch des *Pick it* war ein Volltreffer. Sie wurden aufmerksam bedient, und die Spaghetti mit Muscheln hätten bei *Giovanni* nicht besser sein können. Sie waren hier sogar viel preiswerter!

Der größte Pluspunkt war jedoch, dass der Schönheitsdoktor hier niemals auftauchen würde, und das war sehr beruhigend. Obwohl … auf Marion würde Fred sofort abfahren.

Sollte sie ihr den Gourmettipp *L'Italiano* geben? Die Vorstellung gefiel ihr: Marion war der Typ Frau, der den Männern zeigt, wo es langgeht. Zuerst würde sie Fred aufs Fahrrad scheuchen und ihm anschließend klarmachen, dass man nicht nur im Geld, sondern auch in seinem Swimmingpool schwimmen kann.

»Wein bevorzuge ich eher am Abend. Bist du mit einer großen Flasche Mineralwasser einverstanden?«, unterbrach Marion ihre perfiden Gedanken und ergänzte lächelnd: »Den Verlust deines Führerscheins kann ich selbst als Anwältin nicht rückgängig machen.«

Magda musste lachen und dachte unwillkürlich an Freds Champagnergelage.

Dann wandte sie sich wieder Marion zu: »Sag mal, was treibst du denn so in der Vorweihnachtszeit? Gibt es viel in der Kanzlei zu tun?«

Marion schob sich genüsslich eine mit Spaghetti umwickelte Gabel in ihren sehr roten Mund und nuschelte: »Arbeit ohne Ende!«

Magda wurde nervös. Marion biss nicht an, weil es, außer der Spaghetti, nichts zu beißen gab. Verliebt sah sie nicht aus, eher etwas überarbeitet. Magda kam sich niederträchtig vor, Marion so hinterhältig über ihr Verhältnis zu Phil auszufragen. Warum sollte sie ihr Liebesleben auch wie einen schmutzigen Teppich vor ihr ausbreiten? So gut kannten sie sich nicht, denn während der Fahrradtour hatten sie kaum ein privates Wort gewechselt.

Magda stand mehr und mehr unter Strom und ging nun doch in die Offensive: »Sag mal, Marion, du und Phil … Das wäre doch eigentlich eine feine Sache und …«

Marion lachte amüsiert auf.

»Mit Phil kannst du Pferde stehlen und sehr gut zusammenarbeiten, das ist aber auch alles. Außerdem hofft er noch auf ein Wunder, auf die Rückkehr seiner Frau, sonst hätte er schon längst die Scheidung eingereicht.«

Genau diesen Satz wollte Magda hören. Am liebsten hätte sie mit Marion auf die Schnulze getanzt, die gerade aus dem Radio drang und den kleinen Speiseraum triefen ließ.

Magda nahm in Gedanken den zweiten Schritt ihrer Strategie auf und antwortete abwesend: »Ja, es ist ein Drama. Wäre schön, wenn sie sich wieder versöhnen würden, aber leider …«

Marion zuckte emotionslos die Schultern. Scheidungen waren ihr täglich Brot. Magda wusste plötzlich, warum Phil nicht auf sie abfuhr. Sie war zu hart, zu cool, zu geschäftig, zu burschikos! Lilly dagegen war ein temperamentvolles Vollblutweib, amüsant, ein bisschen schräg, warmherzig, sinnlich und … vollbusig! Alle diese Dinge fehlten Phil, und er wusste wohl, dass er eine solche Frau so schnell nicht wieder finden würde, falls er überhaupt danach suchte. Lilly war etwas Besonderes und nicht zu toppen!

23

Magda war nach dem aufschlussreichen Gespräch mit Marion nicht mehr zu bremsen und versuchte ohne Umschweife, Lilly zu erreichen. Sie fuhr auf direktem Weg in die Praxis und war beruhigt, als sie Lillys Auto auf dem Stellplatz entdeckte. Betty öffnete nach dem Klingeln die Tür und strahlte.

»Magda, du hast eine feine Nase für meine ersten Kekse, hereinspaziert.«

Lilly stand in der kleinen Kaffeeküche, und als Magda eintrat, lief Lillys Gesicht rot an. Sie fingerte nervös an den Knöpfen ihres weißen Arbeitskittels herum und stotterte: »Entschuldige mein Outfit, bin am Arbeiten und …«

Magda stoppte ihre verlegene Entschuldigung und umarmte sie stürmisch.

»Endlich bist du wieder meine Lilly.«

Betty füllte ein Tütchen mit duftenden Plätzchen, drückte es Magda in die Hand und ließ die beiden Frauen allein.

Verstört schaute Lilly in Magdas Gesicht.

»Der Überfall bedeutet etwas, stimmt's?«

»Du solltest zu Phil gehen und dich mit ihm aussprechen, und das möglichst bald! Zeig ihm deine Gefühle, Lilly. Er braucht dich, und du siehst auch aus, als könntest du mal wieder ein bisschen Glück und ein Quäntchen Liebe vertragen«, wagte Magda einen sanften Vorstoß.

Lilly fragte ängstlich: »Und Marion?«

Magda antwortete mit einem verschmitzten Lächeln: »Da ist nichts. Ich komme mir zwar wie eine Verräterin vor, aber ich habe sie getestet, und es hat sich gelohnt. Die beiden sind nur Freunde, ehrlich.«

»Du meinst … ich sollte …?«

»Ran an den Mann! Was zögerst du noch?«, ermutigte Magda sie. »Den Satz hat schon eine gute Freundin den Frauen mit auf den Weg gegeben und erst recht, wenn es der eigene Ehemann ist.«

Lillys skeptischer Blick nervte sie.

»Mensch, Lilly, schau nicht so! Jetzt musst du den ersten Schritt machen, auch wenn Phil dich rausgeworfen hat. Schließlich hatte er einen Grund, oder wagst du das zu bestreiten?«

»Du hast ja recht. Ich habe übrigens mit Fred per SMS Schluss gemacht. Ich sehe keine Veranlassung mehr zu einem persönlichen Gespräch.« Stolz sah sie Magda an: »Was sagst du dazu?«

»Gratuliere! Das war genau richtig so.«

Magda fühlte sich plötzlich gelöst und verabschiedete sich mit einem fröhlichen *Tschüss* von Lilly und fuhr in Hochstimmung nach Hause.

»Deine Ausgelassenheit nervt. Komm wieder runter«, pflegte Tim in solchen Momenten zu sagen.

Schade, dass sie heute nicht gemeinsam feiern konnten, denn Tim und Phil hatten am Abend ein Tennismatch. Aber morgen war ja auch noch ein Tag. Tim müsste dann unbedingt einen Champagner aufmachen und Bettys herrliches Weihnachtsgebäck dazu probieren. Er mochte Leckereien, und vielleicht würde sie nach längerer Abstinenz zu später Stunde mal wieder ihre Schokoladenseite zeigen.

Lilly und Phil hatten Magdas und Tims Gefühlswelt ganz schön durcheinandergebracht, aber das würde sich nun alles wieder ändern. Magda schäumte über vor Freude wie ein prickelnder Champagner und genoss das schöne Gefühl, am Versöhnungsprozess zwischen Lilly und Phil intensiv mitgearbeitet zu haben.

Vielleicht bekannte Phil heute Abend bei einem Bierchen nach dem Tennisspielen Farbe und würde seinem Freund gegenüber etwas gesprächiger werden. Warum konnten Männer untereinander eigentlich so schlecht über ihre Gefühle reden?

Als Tim um Mitternacht die Wohnung betrat, lag Magda noch hellwach im Bett und lauerte auf Neuigkeiten. Doch Tim murmelte lediglich: »Es wird sich vielleicht wieder einrenken.« Dann legte er sich ins Bett.

Magda war enttäuscht und nun erst recht schlaflos. Tim musste doch spüren, dass sie das Gespräch zwischen ihm und Phil brennend interessierte. Warum, verflixt noch mal, war er so sachlich, so nüchtern? Vielleicht wieder einrenken? Was war das für ein Gefasel um Mitternacht? Entweder ja oder nein. Tim war doch sonst auch für klare Ansagen.

24

Lilly übte indes für das Gespräch mit Phil: »Phil, ich … Phil, es tut mir leid …«

Nichts schien ihr passend genug, und je länger sie nach Worten rang, desto lächerlicher kam sie sich vor. Ganz sachlich bleiben und auf seine Reaktion warten. Sie geriet in Erklärungsnot, denn sie wusste, dass es für ihr Verhalten keine Erklärung gab. Lilly hatte ihn erniedrigt, verletzt und verraten. Irgendwann musste sie mit ihm reden, irgendwann. Auch die entsetzliche Erpressung, auf die sie unter anderem eingegangen war, um ihn nicht bloßzustellen, würde sie ihm beichten, irgendwann. Und wenn die teuflische Brand, aus welchen Gründen auch immer, eines Tages erneut vor ihr stehen würde, dann hätte sie Phil an ihrer Seite. Er würde ihr nicht nur juristisch beistehen. Lilly machte sich Mut.

Sie war nervös und spürte wildes Herzklopfen, als kämen die Schmetterlinge aus dem Winterquartier zurück, um sich mit ungestümen Flügelschlägen aufzuwärmen. Eine Mischung aus Freude auf das Wiedersehen und Angst vor einer eventuellen Abfuhr, die sie nicht ertragen könnte, erfasste sie. Magda hatte sie überzeugt, zu ihm zu gehen, und hatte ihr Mut und Hoffnung gemacht. Ihre Worte *Phil liebt dich* klangen zuversichtlich. Doch ob das noch stimmte?

Sie würde es selbst herausfinden müssen.

Lilly verschob den guten Vorsatz, mit Phil zu reden, auf den nächsten Tag, was ihr unsagbar schwerfiel. Sie musste einfach noch einmal darüber schlafen und durfte nicht mit der Tür ins Haus fallen. Sie zwang sich zur Ruhe. Hier war Zeit kein Geld!

Als das Telefon klingelte, fühlte sie sich in ihren Gedanken gestört und nahm widerwillig den Hörer in die Hand.

Phil stotterte genauso hilflos am Telefon herum, wie sie es in ihrem Probelauf getan hatte. Außer einem kläglichen »Hallo, Phil« brachte sie vor Aufregung kein Wort hervor.

»Bist du noch da, Lilly?«

»Ja, ich bin nur so überrascht, dass du ... Hast du meine Notiz gefunden?«

»Natürlich, und ... ich habe gespürt, dass du da warst, nicht nur wegen deines Parfüms ...«

Für einen Moment war sie sprachlos, also übernahm Phil das Reden.

»Magda und Tim haben uns heute Abend zum Essen eingeladen ... Hast du Lust ...?«

Und ob sie das hatte!

»Was für eine Frage, Phil, ich freue mich.«

»Ich hole dich um 19.00 Uhr mit dem Taxi ab, einverstanden?«

Die Stimme versagte ihr jämmerlich, und sie hauchte nur noch ein leises: »Ja!«

Kaum hatte sie aufgelegt, hüpfte sie wie ein Ball durch ihre Arbeitsräume und wühlte hastig in ihrem Kleiderberg, um etwas besonders Schönes für Phil anzuziehen.

Schlagartig erinnerte sie sich an die erste Begegnung mit ihm, als wäre diese erst gestern gewesen. Mit drei Jeans unter dem Arm stand er vor ihr.

»Sie nähen?«, hatte er überrascht gefragt.

»Nein, dazu habe ich kein Talent. Sie möchten bestimmt zu meiner Mutter, sie ist Schneiderin und ändert alles, was aus Stoffen gefertigt ist.«

Sie hatte ihn damals nur schüchtern angelächelt und überlegt, was sie Kluges sagen könnte.

»Aber wenn Sie irgendwann mal Rückenprobleme haben, dann dürfen Sie gerne zu mir kommen, ich bin Physiotherapeutin.«

Mehr war ihr in dem Moment nicht eingefallen, aber dass sie stolz auf ihre Arbeit war, das hatte Phil sofort gespürt. Dabei hatte sie gerade erst drei Wochen ihr Diplom in der Tasche gehabt.

Schon am nächsten Tag war er wieder zu ihr gekommen. »Mir tut alles weh, vor allen Dingen mein Herz«, hatte er Lilly überrascht und dabei ein schmerzverzerrtes Gesicht gemacht. Blitzschnell hatte er dann einen bunten Sommerstrauß hinter seinem Rücken hervorgezaubert und verlegen gemurmelt:

»Aus meinem Garten, selber gepflückt.«

»Mal sehen, ob ich Ihre Schmerzen lindern kann«, hatte sie erwidert und seine darauffolgende Einladung zum Abendessen freudig angenommen.

Lilly erinnerte sich noch genau an die Worte, mit denen ihre Mutter um sie herumgeturnt war: »Du musst ordentlich aussehen, Kind. So ein netter, gut erzogener junger Mann aus einer so angesehenen Familie.«

Sie hatte damals in Rekordzeit das wunderschöne giftgrüne Seidenkleid, das sie selber schon als junge Frau getragen hatte, geändert. Dieses hochgeschlossene Kleid hatte nur auf den ersten Blick bieder gewirkt, auf den zweiten aber einiges erahnen lassen, und es sollte auch ihrer Lilly Glück bringen. Schnell waren die Locken ihrer Tochter gebändigt und die schwarzen Lackpumps poliert gewesen. Als i-Tüpfelchen hatte Lilly sogar einen kostbaren Tropfen *Chanel No. 5* auf ihr zartes Dekolleté getupft bekommen. Ihre Mutter war so stolz auf ihre bildhübsche Lilly gewesen.

In dem Moment, als Phil die exotisch anmutende Liliane sah, hatte er sich sofort in sie verliebt und konnte seine Blicke nicht mehr von ihr lassen. Sie hatte ihn berauscht, fasziniert, und bei ihrem Anblick war er wie von Sinnen gewesen. Grüne Augen, volle Lippen und ihr strahlendes Lachen hatten Phil um den Verstand gebracht.

Und sie hatte ihm zugehört – ernsthaft und interessiert. Von da an hatte er nur dem Moment entgegengefiebert, in dem er sie in seine Arme schließen konnte.

»Mama, ich liebe ihn!« Mit diesen Worten war Lilly ihrer Mutter Wochen später um den Hals gefallen.

»Er dich auch?«, hatte sie skeptisch gefragt und dabei ängstlich in die strahlenden Augen ihrer Tochter geschaut.

»Ja, wir wollen heiraten. Er setzt sich über alle Regeln hinweg.«

»Lilly, Liebes, ich wünsche dir alles Glück auf Erden! Aber die oberen Zehntausend? Das ist nicht unsere Welt, Kind, überlege es dir gut«, hatte sie ihre Tochter ermahnt.

»Zu spät, Mamilein. Er wird dich auch noch fragen – und du wirst doch nicht ablehnen, oder?«, hatte Lilly gelacht und ihre Mutter dabei quer durch die kleine Nähstube gewirbelt.

Mama hätte es gerne gesehen, wenn sie Medizin studiert hätte. Tag und Nacht hatte sie genäht, um ihrer Tochter das Studium finanzieren zu können, doch Lilly hatte ihren eigenen Kopf gehabt.

»Ich kann den Menschen auch als Physiotherapeutin helfen, Mama«, hatte Lilly entschieden und eines Tages ihr tadelloses Diplom nach Hause gebracht.

Sie hatte gerne mit ihrer Mutter zusammengelebt und längst aufgehört, nach ihrem Vater zu fragen. Die stets kargen Antworten hatten Trauriges erahnen lassen.

Lilly kämpfte mit den Tränen, als sie an ihre Mutter dachte, die nun schon so lange tot war. Stolz, Selbstbewusstsein und ein sonniges Gemüt hatte sie ihrer Tochter mit auf den Weg gegeben. All das war inzwischen zerbrochen, und die Erpressung hatte alles nur noch schlimmer gemacht.

»Mama, verzeih mir, dass ich das Glück, das du mir so sehr gewünscht hast, mit Füßen getreten habe. Ich schäme mich so«, flüsterte sie kaum hörbar und schaute auf das gerahmte Foto ihrer Mutter, direkt in ihre zuversichtlichen Augen, die ihr Mut zu machen schienen.

Über diese Erinnerungen vergaß Lilly fast die Zeit und musste sich sputen, denn sie wollte an diesem Abend blendend aussehen, um Phil zu gefallen – wie damals. Schade, dass sie das grüne Seidenkleid nicht mehr hatte. Da hätte er Augen gemacht! Aber allem voraus wollte sie nur noch eines: die alte Lilly sein, Phils Ehefrau.

»Ich bin verliebt, und wie …«, juchzte sie. »… in meinen eigenen Ehemann!«

Fred, diesen Möchtegern-Playboy, hätte man ihr auf den Bauch binden können, sie hätte ihn abgeschüttelt wie eine lästige Schmeißfliege. Die Affäre mit ihm kam ihr vor wie ein böser Traum, aus dem sie mit einem Mal erwacht war.

Als Phil kurze Zeit später ein wenig verloren vor ihr stand und sie wortlos in die Arme nahm, spürte sie in ihrem Körper die wild tanzenden Schmetterlinge, im Bauch, im Kopf, im Herzen. Zaghaft legte sie ihre Arme um seinen Hals und drückte ihm einen sanften Kuss auf den Mund, aber obwohl sie ein unbändiges Verlangen nach ihm ergriff, gab sie sich reserviert.

Auf dem Weg zu Magda und Tim saßen sie stumm im Taxi nebeneinander, und der Fahrer schielte immer wieder neugierig in den Rückspiegel zu ihnen. Er wunderte sich über das seltsame Pärchen, welches Hand in Hand im Fond saß und die Sprache verloren hatte.

Phil wickelte vor der Tür den Blumenstrauß aus und fragte verlegen: »Meinst du, die gefallen Magda?«

»Ihre Lieblingsblumen!«, munterte sie ihn leise auf. Lilly sah, dass Phil noch eine Flasche bei sich hatte, wahrscheinlich für Tim. Hoffentlich war es kein Champagner.

»Für Tim habe ich einen hervorragenden Grappa besorgt.«

»Das ist ein schönes Geschenk.«

Lilly war beruhigt und atmete auf. Die gedämpfte Stimmung verfolgte sie auch noch im Lift, und Lilly ärgerte sich über ihren Schulmädchenauftritt. Sie wollte ihm doch so viel sagen …

Magda und Tim nahmen ihre Freunde bereits am Lift in Empfang, und Lilly fiel ein riesengroßer Klotz vom Herzen. Ein Abend, so ungezwungen und voller Herzenswärme, das hatte sie lange nicht gehabt.

»Ich habe euch sehr vermisst«, gestand Lilly plötzlich, »aber besonders dich, Phil.«

Sie schämte sich nicht, die Worte vor Magda und Tim auszusprechen. In diesem vertrauten Kreis durfte sie endlich wieder sie selbst sein und musste sich nicht verstellen.

Die vier Freunde verbrachten einen gemütlichen Abend zusammen, und zu später Stunde erklärte Tim schließlich, dass er den Auftrag in Visby nicht annehmen würde, da wichtigere Dinge hier vor Ort auf ihn warteten.

Magda war überrascht, aber auch sehr dankbar dafür, dass Tim den Namen Fred kein einziges Mal in den Mund nahm, sondern nur kurz von seinem *Bauherrn* sprach. Sollte die Sprache jemals wieder auf Dr. Fred Meinradt kommen, dann würde sie ihn nur *Tims Bauherrn* nennen. Die Reise nach Gotland wäre ohnehin ein Fiasko geworden, da war sie sich sicher. Nicht Anna und Fred waren ihre und Tims Freunde, sondern Lilly und Phil.

Magda war erleichtert und unsagbar froh darüber, dass der Kelch namens Familie Meinradt ohne ihr Zutun an ihnen vorübergegangen war.

Gut gelaunt rieb Tim sich die Hände. »So, jetzt wird noch der Grappa getestet.«

Plötzlich war alles wie früher, als hätte jemand die Zeit zurückgedreht.

Lilly konnte sich auf nichts mehr konzentrieren.

Wie würde dieser wunderbare Abend enden? Ohne zu zögern würde sie sofort mit Phil nach Hause fahren. Sie hatte sich kaum noch unter Kontrolle, und die Sehnsucht nach ihm wurde mit jeder Minute größer. Ja, sie würde ihm heute Nacht gestehen, dass sie ihn liebte, ihn vermisste ...

Als sich der Abend seinem Ende zuneigte, zauberte Tim mit einem Mal eine Überraschung hervor.

Wie selbstverständlich sagte er gut gelaunt: »Wir wollen am Wochenende verreisen, Magda und ich. In der *Alpenarena Hochhäderich* liegt ein super Wellnesshotel, das wird euch gefallen.«

Magda sah ihren Mann entgeistert an. Sie war auf alles gefasst, aber mit diesem unerwarteten Überfall hatte sie nicht gerechnet. Hatte er *euch* gesagt? Das war mehr als gewagt, fast peinlich.

Nach ein paar Schrecksekunden fragte sie: »Wohin? Sag das noch mal! Nach Österreich? Das ist ja toll!« Magda überlegte, wie lange sie nicht gemeinsam verreist waren, sie und Tim, der grundsätzlich zu viel Arbeit vorschob.

»In den schönen *Bregenzer Wald*, fast vor unserer Haustür!«

Tim versuchte, diesen Wochenendtrip allen schmackhaft zu machen.

»Wenn ihr Lust habt, fahren wir gemeinsam. Der *Hochhäderich* ist der Anfang vom Paradies, müsst ihr wissen«, tat er geheimnisvoll und sah dabei Phil vielsagend an. Dieser schaute irritiert auf Lilly, die betreten ihre Augen senkte.

Musste Tim so bescheuert sein und mit der Tür so gewaltig ins Haus fallen? Magda ärgerte sich über das fehlende Einfühlungsvermögen ihres Mannes, nachdem sich ihre erste Freude über diese Überraschung gelegt hatte.

»Ihr könnt euch das ja noch überlegen«, rettete sie die peinliche Situation.

Doch Phil sprang plötzlich auf und begeistert rief er: »Lilly, was meinst du? Haben wir Zeit?«

Die Röte schlug ihr ins Gesicht und schüchtern entgegnete sie: »Alle Zeit der Welt!«

Als Lilly und Phil weit nach Mitternacht ihr gemeinsames Häuschen betraten, wurde ihr schlagartig bewusst, dass sie nie wirklich von ihm getrennt gewesen war.

Er schaute sie ernst an, und sie wagte kaum zu atmen. »Ich liebe dich, Lilly. Dein Duft, er war immer hier.«

Das waren die wunderbaren Worte, die sie seit Wochen vermisst hatte, und kein Dirty Talk konnte sie je ersetzen. Ihr Herz schlug rasend schnell, es drängte sie zu Phil und zum vertrauten Liebesspiel. »Ich habe dich so sehr vermisst, Phil, so sehr.«

Sie schwor sich, ihn nie wieder zu betrügen, nie mehr. Und ihr gemeinsames Häuschen würden sie niemals verkaufen, das war sicher!

25

Das schön gelegene *Alm-Hotel*, das Tim per Internet ausfindig gemacht hatte, entpuppte sich als Volltreffer. Die geschmackvollen Zimmer, der großzügig angelegte Spa und die feine Küche zeugten vom hohen Niveau des Hauses.

»Mensch, Lilly, das hält man ja nicht aus mit dir und Phil. Ihr wirkt wie Frischverliebte, da kann man ja richtig neidisch werden«, frotzelte Magda.

»Da hast du ausnahmsweise einmal den Nagel auf den Kopf getroffen«, gab Lilly freudestrahlend zurück. »Eigentlich müsste ich Fred dankbar sein. Er hat mir indirekt zu meinem Glück verholfen. Ich bin froh, dass ich noch rechtzeitig die Kurve gekriegt habe.«

Magdas prüfender Blick sagte alles: »Bis zum nächsten Mal, Lilly!«

»Es ist vorbei, Magda, endgültig!«

Magda atmete erleichtert auf und freute sich darüber, dass sie dieses lohnende Stück Arbeit endlich hinter sich gebracht hatte.

»Vielleicht lässt du nun Phil mal den Vortritt, was einen Seitensprung betrifft«, provozierte Magda ihre Freundin, die sie erschrocken anstarrte.

»Machst du Witze? Das würde ich nicht überleben!«

Am nächsten Morgen erschienen Lilly und Phil mit reichlich Verspätung am Frühstückstisch.

»Schließlich haben wir Nachholbedarf«, entschuldigte Lilly sich mit einem vielsagenden Blick bei Magda.

»Wie eine Nonne hast du in den letzten Wochen aber nicht gelebt, soweit ich mich erinnern kann!«, machte Magda ihrer Freundin klar.

»Schnee von gestern«, hakte Lilly das Thema ab.

»Sag mal, Lilly, habt ihr gestern Abend auch die Treppe nehmen müssen? Der Lift war ausgefallen und wir sind drei Stockwerke zu Fuß gegangen – für so ein exklusives Hotel ist das eine Zumutung!«

»Das waren Phil und ich. Wir haben es eilig gehabt und der Lift ... Das war mal etwas ganz anderes ...«

Magda konnte es nicht fassen.

»Im Lift? Und die anderen Gäste ...?«

»Deshalb hat Phil noch schnell das Schild *Außer Betrieb* angebracht«, kicherte sie amüsiert.

Magda verstand die Welt nicht mehr und schüttelte ungläubig den Kopf.

»Auf den Schreck brauche ich erst einmal einen starken Kaffee.«

Sie stand auf und lief auf das appetitlich angerichtete Frühstücksbüfett zu. Schon von Weitem sah sie die unüberschaubare Konfitürenauswahl und wusste bereits, dass sie sich mal wieder nicht würde entscheiden können. Tim hatte es da einfacher: Er aß grundsätzlich Erdbeermarmelade, und die gab es überall.

»Nehmen Sie diese gelbe hier! Das ist Marille, eine köstliche Spezialität.«

Verdutzt drehte Magda sich um. Der junge Mann, der ihr den hilfreichen Tipp gab, irritierte sie.

»Danke für die Empfehlung«, lächelte sie ihm zu.

»Und wie erfahre ich, ob ich Ihren Geschmack getroffen habe?«, fragte er herausfordernd.

Magda wurde sichtlich nervös. Der Junge war frech, aber keineswegs unsympathisch und … er gefiel ihr.

»Indem ich herzhaft in meine Semmel beiße.«

Die Antwort schien ihm zu genügen, denn er grinste unverschämt. »Ich nehme Sie beim Wort und werde Sie genau im Auge behalten.«

Dann wandte er sich dem Brotkorb zu und wartete auf sie.

»Welchen Weggen darf ich Ihnen reichen?«

Sein amüsiertes Lächeln ließ ihr die Röte ins Gesicht steigen, was ihr unglaublich peinlich war. Sie benahm sich wie ein Teenager und konnte quer durch den Frühstücksraum Lillys Blicke wie Pfeile im Rücken spüren.

»Wer war das denn? Kennst du den jungen Mann?«, fragte sie neugierig, kaum dass Magda wieder am Tisch Platz genommen hatte.

»Nein, noch nicht«, antwortete sie der verdutzten Lilly.

»Er hat mir lediglich einen süßen Tipp gegeben.«

Die Männer bekamen von dem Geplänkel der Frauen nichts mit und diskutierten über die neuesten Fußballergebnisse.

Magda biss vergnügt in ihr Brötchen und schaute hinüber zu ihrem Frühstücksflirt, der über den Rand der Tageszeitung ungeniert zu ihr herüberschaute. Er war alleine, das war Magda klar, denn die Zeitung lag komplett zerpflückt und ausgebreitet auf seinem Frühstückstisch, sodass kein Platz für ein zweites Gedeck blieb.

Sie setzte dem verlockenden Spiel ein Ende, indem sie ihn schweren Herzens keines Blickes mehr würdigte.

Lilly war völlig aus dem Häuschen und amüsierte sich köstlich.

»Mensch, Magda, so ein toller Typ auf deine älteren Tage ...«

Lilly hatte recht. Sie fühlte sich geschmeichelt. Aber das würde sie ihrer Freundin nicht auf die Nase binden.

Beschwingt stand Magda vom Tisch auf, breitete eine große Wanderkarte aus und stellte den Tagesablauf vor, der einstimmig angenommen wurde: eine lange gemeinsame Wanderung bis hinauf zur *Falkenhütte* und nach der Rückkehr so schnell wie möglich ab in den brandneuen modernen Spa.

Tim tippte mit dem Zeigefinger auf das Ausflugsziel und erwähnte, dass man von dort oben bei guter Sicht bis zum Bodensee schauen konnte. Magda horchte interessiert auf. Sie erinnerte sich nicht, jemals mit ihm dort gewesen zu sein und überlegte krampfhaft, ob er diesen Weitblick aus dem Leben vor ihr kannte. Ihn darauf anzusprechen kam ihr im Augenblick allerdings albern vor. Hatte er nicht beim *Hochhäderich* vom Anfang des Paradieses gesprochen? War sie etwa eifersüchtig auf eine Flamme, mit der er vor ihr hier gewesen war? Schwachsinn! Diese Weisheit konnte man sicher auch im Internet finden. Sie beruhigte sich und versuchte, den unbegründeten Anflug von Misstrauen herunterzuspielen. Dennoch nahm sie sich vor, sich gelegentlich den *Durchblick* wegen des *Weitblicks* ihres Mannes zu verschaffen.

»... und zieht euch ordentliche Schuhe an! Nichts ist bei einer Wanderung schlimmer als Blasen an den Füßen«, wies Tim die Runde an und setzte dabei das Gesicht eines strengen und erfahrenen Wanderführers auf.

Magda konnte sich ein Lächeln nicht verkneifen. Bei der letzten gemeinsamen Wanderung war er es, der Heftpflaster für die Blasen an seinen Fersen kaufen musste.

Hand in Hand gingen Phil und Lilly aus dem Frühstücksraum, als Lilly sich plötzlich umdrehte und unverhofft verlauten ließ: »Nicht böse sein, wir haben es uns anders überlegt und verzichten auf den Spaziergang. Bis später im Swimmingpool, ja?«

Tim nickte ihnen verständnisvoll zu, und beide verschwanden bis auf Weiteres.

»Dann machen wir diese herrliche Wanderung eben alleine, Liebling, oder was meinst du?«, fragte er vorsichtig und legte den Arm wie selbstverständlich um ihre Taille.

»Klingt vielversprechend«, freute sich Magda und strahlte. »Auf in die Natur, Liebling!«

Als Magda und Tim die Wanderausrüstung aus ihrem Zimmer holen wollten, erblickten sie am Lift erneut das Schild *Außer Betrieb*, und Magda war genervt. Bis ins Zimmer hatten es Lilly und Phil ja dieses Mal hoffentlich geschafft. Und tatsächlich: Der Fahrstuhl war wirklich defekt, und die freundliche Dame an der Rezeption entschuldigte sich mit einer Flasche Prosecco dafür.

Der Spa war am frühen Nachmittag mäßig besucht, was Magda sehr gelegen kam. Tim bevorzugte einen Saunagang.

»Von dort aus hat man einen malerischen Panoramablick auf das tief verschneite *Hochmoor*«, versuchte er vergebens, Magda die Sauna schmackhaft zu machen.

Ruhig zog sie stattdessen ihre Bahnen im Schwimmbad und brachte ihre vom Ausflug müden Knochen wieder in

Schwung. Mit jedem Zug genoss sie das angenehm temperierte Wasser.

Die Wanderung war recht anstrengend gewesen. Sie war außer Übung, und zudem hatte noch heftiger Schneefall eingesetzt, weswegen Tim und sie umgekehrt waren und der Blick zum Bodensee eine Wunschvorstellung blieb.

Plötzlich schwamm Lilly prustend und schnaufend hinter ihr her und deutete aufgeregt mit dem Kopf auf den Frühstückstypen, der gerade mit einem gekonnten Kopfsprung ins Schwimmbecken hechtete, obwohl das durch ein Verbotsschild untersagt war.

»Dein *Marillenkönig* zieht auch seine Bahnen«, stichelte Lilly, »und an Verbote hält er sich auch nicht. Schmetterlingsstil …«, stellte sie amüsiert fest und versuchte, Magda aus der Reserve zu locken. »Tadellose Figur und hübsche Augen, Magda, da kannst du dich aber fühlen!«

Magda hielt sich mit einem Kommentar zurück, denn Lilly jetzt beizupflichten, wäre unklug. Gleichgültig zuckte sie mit den Schultern, und Lilly beruhigte sich. Das brisante Thema schien im Augenblick beigelegt.

Verstohlen blickte Magda zu dem jungen, gut aussehenden Mann hinüber und betrachtete seinen natürlich gebräunten, muskulösen Körper, den er sich gerade sorgfältig trocken rubbelte. Es kostete sie große Mühe, sich von ihm abzuwenden.

Lässig warf er nun das Handtuch auf den Liegestuhl und strich mit allen zehn Fingern sein nasses, halblanges Haar zurück. Sie traute ihren Augen nicht, als sie zwischen seinen Schulterblättern einen dezent tätowierten Schmetterling erkannte. Als würde er ihr Erstaunen darüber spüren, lächelte er ihr gewinnend zu.

»Er hat dir zugezwinkert, Magda, und du gönnst ihm keinen Augenaufschlag?«

Lilly lag hellwach auf der Lauer.

Magda spürte das und wusste, dass sie achtsam sein musste. »Na und?«, gab sie gleichgültig zurück. Ihr Herz klopfte dabei so verräterisch laut, dass sie befürchtete, Lilly könnte es hören.

Warum konnte sie sich diesem magischen Blick aus seinen unverschämt blauen Augen nicht entziehen? Magda ärgerte sich über ihr pubertäres Verhalten. Dieser Mann war ein ganz gewöhnlicher Abstauber, der nur eins im Kopf hatte: zu gewinnen, egal mit welchen Mitteln und Konsequenzen.

»Lass uns nach draußen auf die beheizte Terrasse gehen«, schlug Magda vor. »Die Luft ist besser, und die Liegestühle sehen auch sehr bequem aus.«

Lilly befürwortete den Vorschlag und belegte mit einem Badelaken eine zweite Liege für Phil.

Diskret folgte ihnen der charismatische Typ und lehnte sich in respektvollem Abstand an die kleine Bar im Außenbereich, goss sich Orangensaft ein und prostete Magda zu.

Sie überlegte, ob sie sich ganz beiläufig zu ihm gesellen sollte. Es reizte sie, ihn wie zufällig zu berühren, doch sie beließ es letztendlich bei einem freundlichen Kopfnicken.

Phil und Tim kamen gestikulierend aus dem Saunabereich. Sie hatten sich ihr Saunatuch um den Körper gewickelt und redeten mit Händen und Füßen. Wie auf Kommando warfen sie die Handtücher beiseite und waren mit einem Satz gleichzeitig im Wasser, um sofort um die Wette zu schwimmen. Sie konnten es einfach nicht lassen!

»Schau dir mal die zwei geilen Typen an«, strahlte Lilly und zeigte dabei auf Phil und Tim. »Die reißen wir heute auf.« Sie rekelte sich auf der Liege und schloss für einen Moment sinnlich die Augen, als malte sie sich jetzt schon aus, wie sie das anstellen würde. »Magda, ich bin so happy«, schwärmte sie. »Wir haben wunderbare Ehemänner, wir haben guten Sex und wir haben uns.«

»Das Wort zum Sonntag, Amen«, ergänzte Magda Lillys *Happy Hour* und gab ihr mit einem Wink zu verstehen, dass sie ein wenig Ruhe brauchte. Sie ließ ihren Gedanken freien Lauf: Was wäre, wenn sie alleine oder nur mit Lilly hier wäre? In ihrer Fantasie tanzten zwei Zitronenfalter auf sie zu und ruhten sich erschöpft von ihren heftigen Flügelschlägen am Fußende ihrer bunt gestreiften Liege aus, bevor sie nach kurzer Unterbrechung ihren leidenschaftlichen Liebesreigen fortsetzten. Mit einem kurzen Blinzeln überzeugte sie sich, dass es nur ein schöner Tagtraum gewesen war.

Lilly starrte wie hypnotisiert auf Magda. Irgendetwas ging in ihrer Freundin vor, und sie ahnte das Schlimmste.

Magda schloss sofort wieder die Augen, um ihr waghalsiges Abenteuer zu überdenken. Wie wäre es wohl, einmal im Leben *Außer Betrieb* zu sein und nicht funktionieren zu müssen. Ihr wurde merkwürdig heiß. Die Vorstellung im Lift ...

Unter halb geschlossenen Lidern verfolgte sie in Gedanken den Flug der Schmetterlinge, die ohne Umweg auf ihren nun unmittelbaren Nachbarn zuflatterten.

Er ließ Magda nicht aus den Augen und schaute sie herausfordernd an. Sie hielt diesem Blick stand, erhob sich langsam aus dem Liegestuhl, griff seelenruhig nach ihrem blütenweißen Badetuch und schlenderte gemächlich in Richtung Ausgang.

Lillys Worte fielen ihr wieder ein: »Jede Frau sollte einmal im Leben …«

Näher würde sie den Schmetterlingen nie mehr kommen. Der Fremde folgte ihr wie ein Schatten, ruhig, ohne Hektik, als hätte er alle Zeit der Welt.

Lillys Augen wurden kreisrund, sie ahnte, was sich in Kürze abspielen würde. Entsetzt und nach Fassung ringend stammelte sie: »Magda, du wirst doch nicht …?«

Doch Magda blieb ihr eine Antwort schuldig.

INGELORE REMBS
Prosecco mit Linda

Die Ich-Erzählerin Lola nimmt uns mit auf einen Abstecher in Lindas Beziehungswelt, in der exzessiv gelebt und geliebt wird. Lola wohnt am Bodensee und schreibt Geschichten, Linda bereist die Welt und dolmetscht zwischen den Kulturen. Ihre enge Freundschaft wird nach Lindas Rückkehr immer wieder aufs Neue bei einem Prosecco besiegelt und der letzte Klatsch und Tratsch ausgetauscht. Lindas Leben ist gezeichnet von zerbrochenen Hoffnungen. Sie glaubt nicht mehr an die große Liebe. Männer reichen ihr halbwegs noch für eine Nacht, und von Geschäftspartnern lässt sie aus Prinzip die Finger. Ein harter Schicksalsschlag verändert jedoch alles.

180 S., Taschenbuch, 12 x 19 cm
ISBN 978-3-905968-08-8
CHF 10.25, € 9.95 (D), € 10.25 (A)